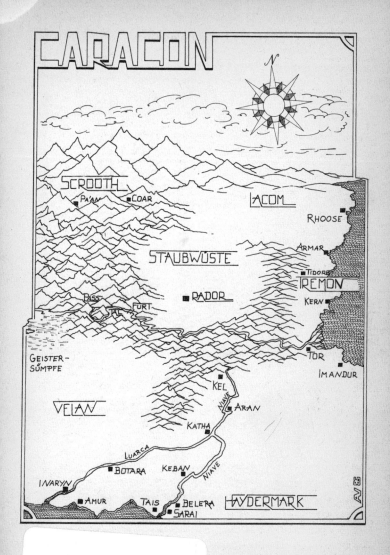

Die Luft über dem Tal flimmerte noch immer vor Hitze und Staub, und der Wind trug den Gestank des Schlachtfeldes heran: ein unbeschreibliches Gemisch aus Blut und Schweiß und Brandgeruch, Urin und Kot, von Schmerzen und Tod und dem Moder aufgewühlten Erdreiches, und das Grau der Dämmerung wurde immer wieder vom Schein zahlloser kleiner und großer Brände zerrissen, die den Himmel über dem Schlachtfeld in einen zerrissenen Flickenteppich aus Dunkelheit und flackerndem Feuerschein verwandelten. Der Fluß, der sich am anderen Ende des Tales dahinschlängelte, schimmerte rot, aber die Farbe stammte nicht allein vom Licht der untergehenden Sonne, und die dunklen Körper, die in seinen Fluten dahintrieben, waren nicht nur Büsche und Erdreich, die mit dem Hochwasser vom Gebirge herunterkamen.

Torian legte mit zitternden Fingern seinen letzten Bolzen auf die Armbrust, zielte kurz und riß den Abzug durch. Das winzige Geschoß sirrte wie ein tödliches Insekt aus Holz und Stahl davon, bohrte sich in den Hals eines Pferdes und ließ das Tier mit einem Schmerzensschrei in die Knie brechen. Sein Reiter verlor durch den plötzlichen Ruck den Halt, segelte in einem grotesken Salto über den Kopf des sterbenden Tieres hinweg und schlug mit grausamer Wucht zwischen den scharfkantigen Felsen auf. Sein Schreckensschrei ging in einem knirschenden Laut unter und verstummte.

Torian wartete nicht, ob er wieder aufstand, sondern fuhr herum und rannte geduckt hinter den anderen her. Rechts und links von ihm schlugen Pfeile und Bolzen gegen den Fels, aber das schwächer werdende Tageslicht und seine eigene, hektische Bewegung machten es seinen Verfolgern unmöglich, einen gezielten Schuß anzubringen. Der Boden erhob sich hier, am Ende des tiefen, S-förmig eingeschnittenen Tales zu einer steil ansteigenden Böschung, die weiter oben in eine Geröllhalde überging. Ein Teil der Felswand, vor der der Hang hundert oder hundertfünfzig Meter vor Torian endete, war vor langer Zeit zusammengebrochen, der Boden mit scharfkantigen Felstrümmern und Geröll übersät, zwischen denen Gestrüpp und graues Brennmoos Halt gefunden hatten, und da und dort hatten sich in der dünnen Erdkruste, die der Wind im Laufe der Jahrzehnte zwischen den Steinen abgeladen hatte, sogar die Wurzeln einer Krüppelkiefer festgekrallt. Die Verfolger würden mit ihren Pferden hier nicht gut vorankommen. Sie würden absitzen müssen und somit einen Gutteil ihrer Überlegenheit einbüßen.

»Torian! Hierher!«

Bagains Stimme drang wie von weither an Torians Ohr, und er glaubte einen schwachen Unterton von Panik in seiner Stimme zu hören. Er blieb stehen, warf einen hastigen Blick über die Schulter zurück und lief etwas langsamer weiter. Das schwache Licht behinderte nicht nur die Verfolger, sondern auch ihn, und auf dem mit scharfkantigen Steinen übersäten Boden konnte ein einziger Fehltritt fatale Folgen haben.

Angestrengt starrte er nach vorne und versuchte, eine Spur von Bagain oder den anderen zu entdecken, aber alles, was er sah, waren Schatten. Die Dämmerung ließ die Felswand sich zu einer schwarzen Mauer auftürmen.

Der schwarzhaarige Krieger aus Scrooth duckte sich, als ein neuer Schwarm Pfeile herangesirrt kam und rings um ihn herum klappernd an den Felsen zerbrach. Eines der Geschosse schrammte über seinen Schulterpanzer, glitt an den stahlharten Torron-Schuppen ab und hinterließ einen handlangen, blutigen Kratzer an seinem Hals. Torian merkte es nicht einmal. Sein Körper schien ohnehin ein einziger, pulsierender Schmerz zu sein. Er war nicht ernsthaft verwundet worden, obwohl er im Laufe der letzten dreißig Minuten beinahe ebenso viele Kämpfe ausgefochten hatte, aber all die unzähligen Schnitte und Kratzer, Prellungen und Abschürfungen begannen allmählich ihren Tribut zu fordern.

Schließlich entdeckte er Bagain und die anderen. Sie waren weniger weit über ihm, als er gehofft hatte, kaum zwanzig Schritte, vielleicht noch weniger. Der selbstmörderische Angriff, mit dem er und die vier anderen, die jetzt tot oder sterbend unter ihm im Tal lagen, die Verfolger aufzuhalten versucht hatten, um Bagain Gelegenheit zur Flucht zu geben, war sinnlos gewesen.

Torian schluckte einen Fluch hinunter, sah erneut über die Schulter zurück und rannte, alle Vorsicht vergessend, los. Im Zickzack lief er den Hang hinauf, immer bemüht, in Bewegung zu bleiben und ein möglichst unsicheres Ziel zu bieten.

Die Verfolger verstärkten ihren Beschuß. Die Pfeile fielen immer dichter auf den Hang herunter, ein Regen tödlicher, schlanker Geschosse, der Torian schließlich in Deckung zwang und auch die Handvoll Männer, die mit ihm hierher geflohen waren, weiter den Berg hinauf trieb. Er hörte einen Schrei. Eine der schwarzgepanzerten Gestalten über ihm warf plötzlich die Arme in die Luft, zerrte einen Moment mit verzweifelter Kraft an dem Pfeil, der plötzlich aus ihrem Hals ragte, und brach dann wie vom Blitz getroffen zusammen.

Torian unterdrückte einen Fluch. Sie waren den Tremonen in die Falle getappt wie blinde Schafe! Dabei waren sie gewarnt worden, und das gleich mehrmals. Der velanische Späher hatte schon am Tage zuvor die Fährte einer großen Zahl von Reitern gemeldet, und auch das Orakel, das von ihnen – wie jeden Morgen, bevor sie aufbrachen – befragt worden war, hatte nichts Gutes verheißen. Aber Donderoin hatte sowohl die Worte des Spähers als auch die Warnung des Orakels in den Wind geschlagen und an seinem ursprünglichen Plan festgehalten, den Fluß hier und nicht zwanzig Meilen weiter östlich zu überschreiten, obwohl die Berge hier für einen Hinterhalt wie geschaffen waren.

Nun, Donderoin lag mit eingeschlagenem Schädel unten im Tal, genau wie vierhundertneunzig der fünfhundert Männer, die der Stadthalter von Scrooth ihm anvertraut hatte, um dem Heer im Osten Entsatz zu bringen.

Vierhundertneunzig? dachte Torian in einem Anflug von bitterem Sarkasmus. Im Moment mochte das noch stimmen, aber es war nur noch eine Frage von Augenblicken, ehe die Zahl auf fünfhundert angewachsen war. Die Tremonen waren ihnen an Zahl und Bewaffnung fast um die Hälfte unterlegen gewesen, und trotzdem hatten sie nicht die Spur einer Chance gehabt.

Der Mann an ihrer Spitze mußte ein Genie sein, dachte Torian mit einem Gefühl widerwilliger Anerkennung. Er war jetzt seit über zehn

Jahren Krieger, und er hatte längst aufgehört, die Schlachten – große und kleine, sinnvolle und sinnlose –, an denen er teilgenommen hatte, zu zählen. Aber er hatte nie eine derart mörderische Falle erlebt wie heute. Und vor allem, dachte er niedergeschlagen, hatte er noch keine *über*lebt. Schon der erste Pfeilhagel hatte mehr als hundert Krieger getötet oder kampfunfähig gemacht. Die Tremonen hatten Feuerwerkskörper von den Felsen geworfen, um eine Panik unter den Pferden auszulösen, und als sie versucht hatten, das Tal durch den schmalen Felsspalt, durch den sie hereingekommen waren, wieder zu verlassen, hatte sie ein Pfeil- und Geröllhagel empfangen, der die Kampfmoral der Truppe endgültig gebrochen hatte. Als die Reiterei der Tremonen aus ihren Verstecken brach, standen sie keinem Heer mehr gegenüber, sondern einem Haufen verängstigter, kopfloser Männer, die kaum in der Lage waren, sich ernsthaft zur Wehr zu setzen. Selbst Torian war für einen Moment in Panik geraten.

»Torian! Wo bist du? Lebst du noch?«

Wieder drang Bagains Stimme in seine Gedanken. Torian spürte ein flüchtiges Gefühl der Erleichterung, daß der Hauptmann noch lebte. Er konnte nicht gerade behaupten, daß Bagain und er Freunde waren; ein Söldner hatte keine Freunde. Aber er war einer der wenigen gewesen, zu denen er doch so etwas wie Vertrauen gefaßt hatte, in den letzten Wochen.

»Ja!« schrie er zurück. »Aber ich fürchte, nicht mehr lange!«

Bagain lachte rauh. Die Nacht trug seine Stimme weiter als normal; es hörte sich an, als wäre er nur eine Armeslänge von ihm entfernt.

»Komm hier herauf, Torian. Wir haben eine Höhle gefunden!«

Torian schob sich behutsam über den Rand des Felsens, hinter dem er Deckung gesucht hatte, spähte kurz zu den Verfolgern hinab und sah dann nach oben. Seine Augen begannen sich allmählich an das schlechte Licht zu gewöhnen, und aus den wogenden Schatten über ihm wurden langsam wieder die Umrisse von Felsen und Bäumen. Die Höhle, von der Bagain gesprochen hatte, war nicht schwer zu entdecken – ihr Eingang gähnte wie ein gewaltiges steinernes Maul in der Flanke des grauen Felsens, und dahinter waren unsichere Bewegungen, das Blitzen von Metall und das Huschen von Schatten zu sehen. Torian nickte anerkennend. Es war nicht das erste Mal, daß er erlebte, wie der schmerbäuchige Hauptmann einen Ausweg aus einer scheinbar ausweglosen Lage fand. Solange Bagain nicht die Pfeile – und schlimmstenfalls die Steine – ausgingen, saß er mit seinen Männern dort oben sicher wie in einer Festung. Die Tremonen würden einen hohen Blutzoll zahlen müssen, wollten sie diese Höhle stürmen.

Trotzdem war es nur eine kurze Galgenfrist, die ihnen gewährt werden würde. Sie hatten sich zum Schluß verzweifelt gewehrt, und nur einer von sechs Reitern aus Tremon war noch am Leben. Aber sie waren noch immer fünfzig gegen zehn. Und wie viele der Feinde sich noch in den Bergen versteckten und nur darauf warteten, sich dem Haupttheer anzuschließen, das wußten die Götter und vielleicht nicht einmal die.

Aber fünf Minuten Leben waren besser als fünf Minuten Totsein...

Torian schob sein Schwert in die Scheide zurück, legte die nutzlos gewordene Armbrust mit einem bedauernden Achselzucken neben sich auf den Boden und blinzelte erneut aus zusammengekniffenen Augen nach Norden. Die Tremonen waren am Fuße des Hanges aus den Sätteln gestiegen und hatten ihre Pferde davongejagt; wohl, damit die Verteidiger nicht etwa auf den Gedanken kommen könnten, die Tiere niederzuschießen. Es waren mehr als fünfzig, erkannte Torian erschrocken. Weit mehr. Die dunklen Schatten krochen wie eine Woge aus Finsternis den Hang hinauf, huschten zwischen Felsblöcken und Geröll dahin und sprangen von Deckung zu Deckung. Sie ließen sich Zeit.

Aber warum auch nicht? Bagain und die anderen saßen in der Falle wie die Ratten. Sie hatten es nicht einmal nötig, sie anzugreifen. Morgen, wenn die Sonne wieder aufging, würde es oben in der Höhle erst heiß und dann schnell unerträglich werden. Es war Sommer, Hochsommer sogar, und hier im Gebirge war ein Mann ohne Wasser schneller tot, als er überhaupt begreifen konnte, daß er sich in Gefahr befand. Die Höhle würde sich in einen Backofen verwandeln, bevor die Mittagsstunde gekommen war.

»Torian! Komm endlich her, bevor sie dich erwischen!«

Torian unterdrückte ein Lächeln. Bagains Ton hatte sich keinen Deut geändert. Er sprach noch immer wie ein Hauptmann auf dem Exerzierplatz. Wahrscheinlich hatte er noch nicht ganz begriffen, daß er sich seine Hauptmannssterne getrost in den Hintern schieben konnte. Es gab niemanden mehr, den er kommandieren konnte.

Trotzdem richtete sich Torian nach einem weiteren, sichernden Blick vollends hinter den Felsen auf und begann weiter in die Höhe zu klettern.

Die Tremonen reagierten mit einem wütenden Pfeilhagel auf seine Bewegung, aber die Geschosse fielen weit von ihm entfernt zu Boden. Es war dunkler geworden in den wenigen Augenblicken, die Torian zwischen den Felsen gehockt hatte, und das Licht reichte kaum mehr, um einen gezielten Schuß auf zwanzig Schritt anzubringen. Beinahe unbehelligt erreichte er den Fuß der Steilwand, pirschte sich geduckt an den Höhleneingang heran und warf sich hastig in Deckung, als in der Luft über ihm eine grelle, weißblaue Sonne aufloderte.

Sekunden später senkte sich ein ganzer Regen von Pfeilen und Armbrustbolzen auf ihn herab. Torian kroch mit einer verzweifelten Bewegung los, ließ sich in eine flache Bodenrinne fallen und schlug die Hände über den Kopf. Ein Pfeil traf seinen Rückenpanzer und zerbrach, ein zweiter durchschlug seinen Wadenschutz und biß schmerzhaft in sein Bein; keine gefährliche Wunde, aber ein weiterer Schnitt, aus dem die Kraft aus seinem Körper strömen würde.

Dann erlosch die Leuchtkugel mit einem letzten, blauweißen Flakkern, und die Nacht senkte sich erneut über das Tal, doppelt dunkel nach der plötzlichen Lichtfülle.

Torian sprang auf, riß den Pfeil aus seiner Wade und lief los.

Er erreichte die Höhle im letzten Augenblick. Hinter ihm stieg ein winziger, funkensprühender Feuerball in die Höhe, senkte sich ein Stück weiter wieder herab und wuchs zu einer neuen, weißblau flakkernden Lichtkugel heran, als die Lunte abgebrannt war. Gleichzeitig war das wütende Sirren Dutzender von Sehnen zu hören.

Torian warf sich mit einer letzten, verzweifelten Kraftanstrengung vor, setzte über die scharfkantigen Felsen, die den Höhleneingang flankierten, hinweg und rollte sich über die Schulter ab. Etwas traf seinen Schädel und jagte einen dumpfen Schmerz durch seine Schläfe. Aber er war in der Höhle und in Sicherheit, und die wenigen Pfeile, die bis hier heraufgeflogen waren, zerbrachen harmlos weit vor ihm auf dem Felsboden.

»Bleib unten, Torian«, hörte er Bagains Stimme. »Die Hunde warten nur darauf, daß du dich zeigst. Warte, bis es wieder dunkel ist.«

Torian knurrte eine Antwort und drehte sich mühsam auf den Rücken, blieb aber gehorsam liegen. Die Leuchtkugel warf zuckende, kalkweiße Lichtreflexe in die Höhle, ein Licht, in dem die Bewegungen der Männer rechts und links von ihm seltsam abgehackt und steif erschienen und ihre Körper zu tiefenlosen schwarzen Schatten wurden. Die Höhle war klein: nicht viel mehr als ein Loch im Berg, kaum zwanzig Schritte tief und halb so breit. Aber immer noch groß genug für ein Grab.

Es schien Ewigkeiten zu dauern, bis die Leuchtkugel endlich abgebrannt war und die Nacht sich wieder wie ein schwarzer Vorhang vor den Höhleneingang senkte. Torian blieb noch sekundenlang reglos liegen, ehe er sich – immer noch vorsichtig und jederzeit auf einen neuen Angriff gefaßt – aufsetzte.

»Alles in Ordnung, Torian?«

Torian sah auf, blickte einen Moment lang wortlos in Bagains Gesicht und zog eine Grimasse. »Aber sicher doch«, antwortete er. »Nur meine Hose ist verdorben.« Er deutete auf den langsam größer werdenden Blutfleck auf seinem rechten Bein. »Jemand hat ein Loch hineingemacht, siehst du?«

Bagain schien für einen Moment nicht zu wissen, ob er lachen oder wütend werden sollte. Schließlich rang er sich zu einem halbherzigen Lächeln durch und streckte ihm hilfreich die Hand entgegen. Torian knurrte, ignorierte sie demonstrativ und stemmte sich aus eigener Kraft auf die Füße, bedauerte diesen Anflug unnötigen Stolzes aber gleich darauf schon wieder. Jetzt, als die unmittelbare Anspannung vorüber war, begann sein Bein höllisch zu schmerzen.

Bagain betrachtete ihn besorgt. »Geht es wirklich?« fragte er. »Ich habe noch ein wenig Verbandszeug in meinem Beutel; und Brennmoos. Wenn du willst...«

Torian schüttelte den Kopf. »Schon gut«, erwiderte er. »Ich glaube nicht, daß das noch nötig ist.«

Bagain runzelte mißbilligend die Stirn, griff aber trotzdem nach seinem Arm und führte ihn ein Stück weit vom Höhleneingang fort. Torian ließ es widerspruchslos geschehen. Stolz war eine gute Sache, aber wenn er anfing, weh zu tun, sollte man ihn ablegen. Hinter ihnen erklangen hastige Schritte, als einer der anderen Männer Bagains Platz einnahm und sich mit gespannter Armbrust hinter den Felsen postierte.

»Setz dich«, forderte Bagain ihn leise auf. Torian nickte, ließ sich ächzend an der Wand zu Boden sinken und streckte das verletzte Bein aus. Bagain sah ihn noch einen Herzschlag lang an, kniete dann ohne ein weiteres Wort neben ihm nieder und schnitt sein Hosenbein bis über das Knie auf. Diesmal protestierte Torian nicht mehr.

»Das sieht nicht gut aus«, murmelte Bagain, nachdem er die Wunde einen Moment lang begutachtet hatte.

»Warum? Der Pfeil ist doch raus.«

»Die Wunde wird sich entzünden –«

»Und ich werde ein steifes Bein behalten, wie?« unterbrach ihn Torian wütend. Er wollte Bagains Arm beiseiteschlagen, aber der grauhaarige Hauptmann drückte seine Hand einfach herunter, bückte sich nach dem Beutel mit seinen Habseligkeiten und nahm ein in graues Tuch eingeschlagenes Bündel hervor.

»Beiß die Zähne zusammen«, sagte er. »Es wird wehtun.«

Torian kam nicht dazu zu protestieren. Bagain nahm eine Handvoll grauer Brennmoos-Stränge aus seinem Bündel, preßte sie ohne ein weiteres Wort auf die Wunde und grinste, als Torian mit Mühe ein Stöhnen unterdrückte.

»Du bist ein verdammter Sadist, Bagain«, preßte Torian zwischen zusammengebissenen Zähnen hervor.

Bagain nickte. »Sicher. Einen Spaß muß der Mensch doch haben, oder?«

»Warum quälst du mich eigentlich noch?« protestierte Torian. »In ein paar Stunden ist doch sowieso alles vorbei. Glaubst du, es spielt eine Rolle, ob ich mit einem entzündeten Bein zur Hölle fahre oder nicht?«

Bagain ignorierte seine Worte, nahm eine Rolle weißen Tuches aus seinem Sack und begann, Torians Bein rasch und geschickt zu verbinden. Abschließend streifte er das zerschnittene Hosenbein herunter, riß ein Stück des Saumes ein und knotete die Enden zusammen. Es sah alles andere als gut aus, aber es würde halten.

»Besser jetzt?« fragte er, als er fertig war.

Torian funkelte ihn wütend an. Das Brennmoos schmerzte höllisch. Sein Bein prickelte bis über das Knie hinauf, und wahrscheinlich würde er vor Schmerzen schreien, wenn er jetzt versuchte, aufzustehen und es zu belasten. Aber er wußte, daß das Brennmoos helfen würde. Es würde das Gift aus der Wunde ziehen, und mit etwas Glück würde er am nächsten Morgen kaum noch etwas von der Wunde spüren.

»Danke«, murmelte er. »Es geht.«

Bagain nickte, beugte sich abermals über sein Bündel und förderte einen fast leeren Weinschlauch zutage. »Trink einen Schluck«, bot er ihm an. »Er wird dir guttun.«

Torian wollte instinktiv nach dem Schlauch greifen, führte die Bewegung aber nicht zu Ende.

»Nimm ruhig«, sagte Bagain mit einer auffordernden Geste. »Nur keine Hemmungen. Ich glaube nicht, daß ich das Zeug noch brauche.«

Torian zögerte noch einen Moment, griff aber dann nach dem Schlauch und nahm einen tiefen, gierigen Zug. Der Wein war warm und schmeckte widerlich, aber er löschte wenigstens den schlimmsten Durst. Er trank viel, viel mehr, als er gedurft hätte, und auf dem Boden des Schlauches plätscherten nur noch wenige Schlucke, als er ihn Bagain zurückreichte.

»Wie viele leben noch?« fragte er leise.

Bagains Gesichtsausdruck verdüsterte sich. »Elf«, antwortete er. »Mit uns.«

»Elf«, wiederholte Torian düster. Er hatte es gewußt. Trotzdem taten Bagains Worte weh. »Elf von fünfhundert. Dieser verdammte Narr Donderoin.«

»Donderoin ist tot«, versetzte Bagain. »Und es nutzt nicht viel, ihn zum Teufel zu wünschen.«

»Ich hoffe, er ist dort«, knurrte Torian.

Bagain ignorierte seine Worte. »Donderoin ist tot«, wiederholte er. »Aber wir leben. Und ich habe vor, diesen Zustand noch eine ganze Weile beizubehalten.«

Torian starrte ihn an, lachte rauh und sah sich demonstrativ in der Höhle um. »Ach ja?« spottete er. »Willst du dich durch die Felsen hindurchgraben, oder glaubst du, die Tremonen lassen uns laufen, wenn wir sie nur recht herzlich darum bitten?«

Bagain blieb ernst. »Wir sitzen in der Falle, Torian«, erklärte er. Seine Stimme war plötzlich sehr leise, und Torian begriff, daß er absichtlich flüsterte, damit die anderen seine Worte nicht verstanden. Man mußte den Männern nicht unbedingt auch noch sagen, daß sie eigentlich schon tot waren. Auch wenn sie es wahrscheinlich schon längst wußten.

»Wir sitzen in der Falle«, stellte Bagain noch einmal fest. »Wenn sie versuchen sollten, uns hier oben anzugreifen, werden sie sich blutige Köpfe holen, aber so dumm sind sie nicht.«

»Warum auch?« murmelte Torian. »Sie brauchen nur abzuwarten. Die Sonne wird die Arbeit für sie tun.«

»Vielleicht«, antwortete Bagain ernst.

»Vielleicht?« Torian setzte sich etwas bequemer hin und sah den Hauptmann scharf an. »Wie meinst du das?«

»Du hast völlig recht«, antwortete Bagain. »Wir werden verrecken wie die Ratten, wenn wir hierbleiben. Aber wir haben noch eine Chance. Vielleicht, heißt das.«

Torian schwieg weiter. Bagain wollte etwas von ihm, etwas ganz Bestimmtes sogar. Und er kannte den Hauptmann gut genug, um zu wissen, daß er es am schnellsten erfahren würde, wenn er den Mund hielt und ihn reden ließ.

»Es... war kein Zufall, daß wir ausgerechnet in dieses Tal gekommen sind«, fuhr Bagain nach einer Weile fort. Sein Blick wich dem Torians aus. »Donderoin hat seine Gründe gehabt, die Warnungen des Spähers und des Orakels zu mißachten. Er hat es nicht gerne getan, glaube mir.«

»Warum *hat* er es dann überhaupt getan?« fragte Torian lauernd.

»Weil er es mußte. Wir hatten eindeutige Befehle von den Generälen in Scrooth, Torian. Dieses Tal ist ein Treffpunkt.«

»Ein Treffpunkt? Für wen?«

»Für uns – und dreihundertfünfzig Bogenschützen aus Lacom, die von Norden her die Berge überschreiten und hier zu uns stoßen sollten.«

»Die... Berge überschreiten?« wiederholte Torian ungläubig.

»Jetzt? Im *Hochsommer?!*«

Bagain nickte knapp. »Ja«, sagte er. »Niemand außer Donderoin und uns Hauptmännern hat es gewußt, aber die Späher haben im letzten Jahr einen Paß entdeckt, der auch während der heißesten Sommermonate noch begehbar ist. Diese dreihundertfünfzig Männer sind erst der Anfang, Torian. Eine Art Test, wenn du so willst. Wenn es ihnen gelingt, die Berge auf diesem Wege zu überschreiten, dann haben wir in Zukunft eine Möglichkeit, den tremonischen Hunden in die Flanke zu fallen, ohne daß sie überhaupt wissen, wo wir herkommen.«

Torian war beeindruckt. Wenn Bagains Worte wahr waren – und er hatte keinen Grund, daran zu zweifeln –, dann konnte die Entdeckung des Passes durchaus den Verlauf des gesamten Krieges ändern. Tremon war nicht wirklich stärker als Scrooth. Es hatte einfach das bessere Gelände auf seiner Seite. Die Berge lagen wie eine natürliche Barriere zwischen Scrooth und seinen südlichen Provinzen. Tremons Heere konnten praktisch nach Belieben über die südlichen Städte herfallen, während die Truppen aus Scrooth gezwungen waren, wochenlange Gewaltmärsche in Kauf zu nehmen.

»Morgen bei Sonnenuntergang«, vermutete er.

Bagain nickte, sagte aber nichts mehr, sondern blickte ihn nur ernst an.

»Dreihundertfünfzig Mann«, fuhr Torian fort. »Die Tremoner werden laufen wie die Hasen, wenn sie sie sehen. Das könnte unsere Rettung sein.«

Bagain nickte erneut, schwieg aber noch immer, und Torian sprach, etwas leiser, weiter: »Aber wir halten nicht bis zum nächsten Sonnenuntergang durch.«

Wieder nickte der Hauptmann, ohne etwas zu sagen.

»Das heißt, jemand müßte ihnen entgegengehen und sie zur Eile antreiben.«

»Mit etwas Glück könnten sie bei Sonnenaufgang hier sein«, kalkulierte Bagain.

»Ein Selbstmordkommando«, fuhr Torian unbeeindruckt fort. »Das Tal wimmelt von Kriegern. Aus dieser Falle entkommt nicht einmal eine Maus, ohne mit Pfeilen gespickt zu werden.«

»Vielleicht«, murmelte Bagain. »Aber ein fähiger Mann könnte es schaffen. Es ist gefährlich, aber nicht vollkommen unmöglich.«

»Gefährlich?« Torian lachte sehr leise und ohne jeden Humor. »Weißt du, was sie mit Gefangenen machen, Bagain?«

Bagain nickte unbeeindruckt. »Ich weiß es. Und ich weiß auch, daß es fast unmöglich ist. Aber nur fast. Ein fähiger Mann könnte durch ihre Reihen schlüpfen. Trotzdem kann ich es niemandem befehlen. Deshalb brauche ich einen Freiwilligen.«

Torian zog eine Grimasse und setzte sich etwas weiter auf. »Ich vermute, du denkst dabei an einen ganz bestimmten Mann.«

Bagain nickte. »Ja.«

»Zufällig hat dieser Mann aber eine Pfeilwunde am Bein.«

»Du weißt ganz genau, daß du der einzige bist, der es überhaupt schaffen könnte«, erklärte Bagain leise. »Keiner von uns wäre fähig dazu.«

»Und ich auch nicht«, antwortete Torian zornig. »Verdammt, Bagain, das Tal wimmelt von Kriegern. Es ist vollkommen unmöglich, dort hinauszukommen. Und ich habe keine Lust, mich ein paar Tage lang zu Tode foltern zu lassen.«

»Wenn du hierbleibst, stirbst du auch«, antwortete Bagain ungerührt.

»Ja«, bestätigte Torian böse. »Aber im Kampf. Das geht schneller.« Er schwieg einen Moment, sah zum Ausgang hinüber und fügte dann, etwas leiser, hinzu: »Ich würde es tun, Bagain, wenn ich auch nur eine winzige Chance sehen würde. Aber was du verlangst, ist Selbstmord. Wenn sie wirklich bis morgen Abend hier sind, dann sollten wir versuchen, so lange durchzuhalten.«

»Du weißt ganz genau, daß wir das nicht können, Torian. Spätestens zur Mittagsstunde wird es hier drinnen so heiß, daß du auf dem Boden Eier backen kannst. Wir werden verrecken wie die Ratten in der Falle.«

Torian seufzte, schloß für einen Moment die Augen und stieß dann hörbar die Luft zwischen den Zähnen aus. »Und wenn ich es nicht schaffe?«

»Dann«, folgerte Bagain ernst, »sterben wir alle.«

»Ja. Aber ihr vor mir. Und leichter.«

»Tot ist tot«, knurrte Bagain. »Du hast die Möglichkeit, diese neun

Männer zu retten. Von mir will ich gar nicht reden. Wenn ich eine Chance hätte, würde ich selbst gehen.«

»Du wirst unfair.«

Bagain nickte ungerührt. »Ich weiß. Dafür werde ich bezahlt, Torian. Also?«

Torian schwieg verbissen, und Bagain fuhr fort: »Ich kann es dir nicht befehlen, Torian. Ich kann dich nur bitten. Die Männer sind nur wenige Meilen von uns entfernt. Wahrscheinlich lagern sie hinter einem der nächsten Bergrücken.«

»Und wenn nicht? Wenn sie sich verspätet haben und Dutzende von Meilen entfernt sind? Oder wenn sie den Weg über den Paß nicht geschafft haben?«

»Dann entkommst wenigstens du«, stellte Bagain fest, so rasch, als hätte er auf diese Frage gewartet. Wahrscheinlich hatte er es. »Überlege es dir. Möglicherweise findest du sie nicht, aber dann rettest du dein Leben. Du hast die Wahl – bleib hier und sterbe mit Sicherheit, oder gehe das Risiko ein, den Tremonen in die Hände zu fallen.«

Torian starrte an ihm vorbei zum Ausgang der Höhle. Die Nacht war vollends hereingebrochen, und über dem Tal hingen schwere, schwarze Wolken, die auch das bißchen Sternenlicht noch verschluckten. Aber ihre Unterseiten reflektierten auch den Schein zahlreicher, flackernder Feuer, die unten im Tal brannten.

»Das ist Wahnsinn«, erklärte er. »Glatter Selbstmord.« Er seufzte, streckte Bagain die Hand entgegen und ließ sich beim Aufstehen helfen. Sein Bein schmerzte, aber er wußte, daß er es aushalten konnte, wenn es sein mußte.

»Ich brauche deinen Umhang«, forderte er mit einer Geste auf den schwarzen, bodenlangen Mantel des Hauptmannes. »Und Stiefel mit weicheren Sohlen. Meine sind zu laut.«

Die Nacht war noch finsterer geworden. Als hätten die Götter im letzten Moment doch noch ein Einsehen mit ihnen gehabt, hatte der Wind weiter Wolken von der Ebene heraufgetrieben; tiefhängende, schwere Regenwolken, die sich jetzt an den Gipfeln der Berge in seinem Rücken stauten und das Hindernis nicht zu überschreiten vermochten, ihre Last aber auch nicht abregnen würden, ganz einfach weil sie es um diese Jahreszeit niemals taten, sondern das hitzezerkochte Land unter sich nur mit ihrer Anwesenheit verspotteten. Es war dunkel, so dunkel, daß man die Hand vor Augen nicht sehen konnte, und selbst die Geräusche, die mit dem Wind aus dem Tal zu ihm hinaufwehten, klangen gedämpft, als sauge die Dunkelheit nicht nur alles Licht, sondern auch alle Laute auf wie ein gewaltiger Schwamm.

Torian duckte sich tiefer hinter den Baumstamm, hinter dem er Deckung genommen hatte. Er lauschte angestrengt, aber alles, was er hörte, war das dunkle Pochen seines eigenen Herzens und das einsame Wiehern eines Pferdes, tief unter ihm im Tal.

Und trotzdem wußte er, daß er nicht allein war. Irgendwo in seiner Nähe war jemand, ein Mensch. Er spürte es, obwohl der andere seine Anwesenheit bisher nicht mit dem geringsten Laut verraten hatte. Aber Torian war zu oft in der Rolle des Gejagten gewesen, um nicht zu fühlen, wenn er in Gefahr war.

Vorsichtig hob er den Kopf und spähte über den Rand seiner improvisierten Deckung hinweg. Die Dunkelheit, die er bisher als Verbündeten begrüßt hatte, behinderte ihn fast ebenso wie seine Feinde. Er war seit einer Viertelstunde unterwegs, aber er hatte bisher kaum die Hälfte des Hanges hinter sich gebracht. Das lockere Geröll gab immer wieder unter seinen Schritten nach, und es war so finster, daß er kaum sah, wohin er seine Füße setzte. Im Grunde glich es einem Wunder, daß die Männer dort unten nicht längst gemerkt hatten, daß er hier war, bei dem Lärm, den er bisher verursacht hatte.

Aber vielleicht hatten sie es ja auch gemerkt...

Sein Blick fiel ins Tal hinab. Der Tremoner hatten sich zurückgezogen und lagerten in einem weit geschwungenen Halbkreis am Fuße der

Geröllhalde. Er zählte mindestens ein Dutzend Feuer, und auch in der Dunkelheit dahinter konnten sich noch weitere Krieger verbergen.

Aber die schwarze Wand hinter dem Heerlager der Tremoner verbarg auch die Koppel mit den Pferden. Wenn er überhaupt eine Chance haben wollte, das Tal zu verlassen und Hilfe zu holen, dann mußte er dorthin. Torians Hand schloß sich nervös um den Haltegriff des Schildes. Er hatte gezögert, den Schild mitzunehmen, sich aber dann doch dazu entschlossen. Bagain hatte das Metall sorgsam mit dunklen Stoffstreifen umwickelt, damit sich ja kein Lichtstrahl auf seiner Oberfläche brach und etwa seine Anwesenheit verriet, und falls er entdeckt wurde und sich seinen Weg zu dem Pferden freikämpfen mußte, konnte ihm der Schild gute Dienste leisten.

Nicht, daß er ernsthaft damit rechnete, in einem offenen Kampf eine Chance zu haben.

Torian sah sich noch einmal aufmerksam nach allen Seiten um, erhob sich lautlos hinter seiner Deckung und huschte los.

Er kam nur wenige Schritte weit. Ein Schatten wuchs plötzlich vor ihm zwischen den Felsen empor, und das Licht der Lagerfeuer brach sich auf der Klinge eines Krummsäbels, der mit tödlicher Sicherheit nach seinem Gesicht stieß. Torian ließ sich zur Seite fallen, schrie vor Schmerz auf, als die Waffe über seine Wange schrammte und einen fingerlangen, blutenden Schnitt hinterließ, und riß instinktiv seinen Schild in die Höhe. Die metallverstärkte Kante des Schildes traf den anderen unter dem Kinn und schleuderte seinen Kopf in den Nacken. Sein Genick brach mit einem trockenen Knacken.

Aber auch Torian wurde zurückgeworfen, prallte gegen einen Felsen und verlor auf dem unsicheren Boden vollends die Balance. Er fiel, überschlug sich sieben-, acht-, neunmal hintereinander und rutschte in einer polternden Geröllawine talwärts. Ein faustgroßer Stein hüpfte wie ein Gummiball auf ihn zu, traf ihn an der Stirn und raubte ihm fast das Bewußtsein. Mit haltlos pendelnden Armen und Beinen schlitterte er weiter, schlug erneut gegen einen Felsen und kam am Fuße der Halde mit einem grausamen Ruck zum Halten. Über ihm erscholl ein gellender Schrei, dann hörte er das boshafte Sirren von Bogensehnen. Irgendwo in einer Nähe schlugen Pfeile und Bolzen gegen den Felsen. Die Tremoner stimmten ein wütendes Geheul an und erwiderten den

Beschuß. Fackeln flammten auf, dann stieg ein loderndes Feuer über dem Tal in die Höhe und machte die Nacht für Augenblicke zum Tage.

Für einen Moment drohte er vollends das Bewußtsein zu verlieren. Er spürte, wie Blut warm und klebrig über sein Gesicht lief und sich ein lähmendes Gefühl der Betäubung in ihm breitmachte. Schritte drangen an sein Bewußtsein, aber der Laut klang seltsam gedämpft und irreal. Eine Hand packte ihn bei der Schulter und drehte ihn grob auf den Rücken. Torian unterdrückte mit aller Macht ein schmerzerfülltes Stöhnen.

»Er ist tot, Rendec«, hörte er eine Stimme. »Laß ihn liegen.«

Die Hand löste sich von seiner Schulter und fuhr suchend unter seinen Umhang, wurde aber mit einem plötzlichen Ruck zurückgezogen.

»Laß den Kerl liegen und komm mit«, fuhr die Stimme fort. Sie klang zornig. »Ausrauben kannst du ihn später. Wir müssen die...«

Torian hörte nicht mehr, was die Stimme noch sagte. Er verlor das Bewußtsein.

E̱s war kalt, als er erwachte. Das war das erste, was er fühlte. Dann meldete sich der Schmerz: anfangs nicht mehr als ein dünnes, mehr störendes als wirklich quälendes Gefühl, das sich aber schnell zu einem Brennen und schließlich zu purer Qual steigerte. Sein Gesicht fühlte sich an, als hätte jemand versucht, es in zwei Teile zu schlagen. Zwischen seinen Zähnen war klebriges Blut und seine Zunge war geschwollen und lag wie ein Fremdkörper in seinem Mund. Sein Bewußtsein kehrte nur langsam zurück, und ebenso langsam begann er seine Glieder wieder zu spüren. Langsam, sehr langsam nur erwachten auch seine anderen Sinne wieder.

Er hörte Stimmen. Stimmen und das Geräusch zahlreicher, trappelnder Schritte. Ein böiger Wind strich über sein Gesicht und kühlte seine Wunden, und irgend etwas kitzelte seine Wade. Der Verband an

seinem Bein hatte sich gelöst, und die Wunde blutete wieder. Irgendwo, ganz in seiner Nähe, unterhielten sich zwei Männer halblaut, aber er konnte die Worte nicht verstehen, und durch seine geschlossenen Lider drang der flackernde Schein brennender Feuer.

Torian versuchte, vorsichtig die Augen zu öffnen, aber es ging nicht. Seine Lider waren verklebt und schwer, und seine Haut prickelte. Es dauerte einen Moment, bis er begriff, daß sein Gesicht von einer Schicht eingetrockneten Blutes bedeckt war. Der Schnitt in seiner Wange war tief.

Aber er hatte ihm wahrscheinlich auch das Leben gerettet. Die Männer hatten ihn für tot gehalten und sich nicht weiter um ihn gekümmert.

Vorsichtig, um nicht die Aufmerksamkeit der Tremoner zu erwecken, atmete er tief ein und versuchte erneut, die Augen zu öffnen. Es war noch immer Nacht, obgleich er das Gefühl hatte, sehr lange bewußtlos gewesen zu sein. Über ihm spannte sich ein wolkenloser, dunkler Himmel, auf dem die Sterne wie achtlos ausgestreute Diamantsplitter funkelten, und der Feuerschein ließ die Felswände des Tales schimmern, als wären sie mit Blut übergossen. Er *war* lange bewußtlos gewesen. Stunden. Lange genug, dachte er erschrocken, daß sich der Wind drehen und die Wolken wieder auf die Ebene zurückjagen konnten. Zu lange. Selbst wenn es ihm jetzt noch gelang, zu entkommen, würde er die Truppen nicht mehr rechtzeitig erreichen.

Flüchtig dachte er an Bagain und die anderen, verscheuchte den Gedanken aber sofort wieder. Er hatte es versucht, und mehr konnte man nicht von ihm verlangen. Trotzdem blieb ein unangenehmes Gefühl in ihm zurück. Er fühlte sich wie ein Verräter.

Torian lauschte, öffnete die Augen noch ein ganz kleines bißchen mehr und wagte es, den Kopf um eine Winzigkeit zu drehen.

Er lag noch an der gleichen Stelle, an der er nach seinem Sturz zur Ruhe gekommen war. Der Boden unter ihm war feucht, und der Blick auf den rückwärtigen Teil des Hanges wurde ihm von einem Felsen verwehrt. Die Stimmen, die er hörte, waren nicht in seiner unmittelbaren Nähe. Aber er war eingeschlossen von einem Ring flackernder Feuer.

Torians Herz begann schneller zu schlagen, als er begriff, was geschehen war. *Die Götter müssen mich besonders lieben,* dachte er sarkastisch. Er lag praktisch im Herzen des tremonischen Heeres, verletzt, aber lebend, und mit etwas Glück würde es bis zum nächsten Morgen dauern, ehe sie merkten, daß er nicht tot war.

Aber Torian gedachte nicht, so lange hierzubleiben. Er lauschte noch einen Moment, spannte die Muskeln, stemmte sich behutsam auf Hände und Knie hoch und huschte mit einer lautlosen Bewegung vollends in den Schatten des Felsens, neben dem er erwacht war. Sein Herz hämmerte, und in seinem Mund war der bittere Eisengeschmack von Blut. Seine ganze linke Körperhälfte war taub.

Niemand schien von seinem Erwachen Notiz genommen zu haben, aber seine überreizten Nerven gaukelten ihm überall Bewegung und Schatten vor, und das Geräusch des Windes wurde zu einem meckernden Hohngelächter in seinen Ohren.

Er schüttelte den Gedanken ab, senkte die rechte Hand auf das Schwert und spähte mit angehaltenem Atem in die Runde. Was er sah, war alles andere als ermutigend.

Die Götter mußten ihn wirklich lieben, dachte er grimmig. Genug jedenfalls, um einen ihrer grausamen Scherze mit ihm zu treiben. Er war zwar am Leben – aber er hatte keine besonders guten Aussichten, diesen Zustand noch längere Zeit beizubehalten.

Er befand sich tatsächlich im Herzen der tremonischen Armee. Rings um ihn herum bewegten sich dunkle, in die bodenlangen roten Umhänge Tremons gehüllte Gestalten; fünfzig, vielleicht sechzig oder mehr. In seinem Rücken befand sich der geröllübersäte Hang, rechts und links von ihm die lotrecht emporsteigenden Felswände der Schlucht, und vor ihm das Tal mit dem Fluß. Jetzt, als die Wolken wieder abgezogen waren, konnte er mehr von seiner Umgebung erkennen. Die Tremonen hatten ihre Pferde in eine hastig improvisierte Koppel getrieben, fünfzig Schritt talabwärts und außerhalb der Reichweite von Bagains Pfeilen. Es gab nicht einmal einen Wächter. Die rotgekleideten Mörder schienen sich ihrer Sache äußerst sicher zu sein. Dabei hätte Torian weniger als eine Minute gebraucht, die Koppel zu erreichen und eines der Pferde zu stehlen.

Das einzige, was dagegen sprach, waren die ungefähr fünfundzwanzig Krieger, die sich zwischen ihm und der Koppel aufhielten...

Torian unterdrückte im letzten Moment ein Seufzen. Bagain und seine Männer mußten noch am Leben sein und sich oben in der Höhle verschanzen, und solange ihnen die Pfeile nicht ausgingen, konnten sie sich gegen jede beliebige Übermacht halten. Wenigstens bis zum nächsten Morgen. Aber sie warteten darauf, daß er ihnen Hilfe brachte.

Torian schüttelte den Gedanken mit aller Gewalt ab. Es gab nichts mehr, was er noch tun konnte. Es glich schon einem Wunder, daß sich der Mann, der ihn vorhin hatte ausrauben wollen, nicht mit einem Schnitt durch seine Kehle der Tatsache versichert hatte, daß er wirklich tot war, und einem zweiten, daß sie ihn all die Stunden unbehelligt hier liegengelassen hatten. Auf ein drittes zu warten, wagte er nicht.

Er duckte sich, bewegte prüfend die Hände und spürte, wie seine Kraft langsam zurückkehrte. Er war nicht ernsthaft verwundet. Wie alle Kopfwunden hatte der Schnitt in seinem Gesicht übermäßig stark geblutet, und wenn er nicht achtgab und die Wunde nicht versorgte, würde er Brand oder Fäulnis bekommen und binnen weniger Tage sterben. Aber im Moment fühlte er sich frisch und ausgeruht wie nach einem tiefen, erquickenden Schlaf.

Behutsam zog er das Schwert aus der Scheide, verbarg die Klinge unter seinem Umhang, damit sich kein verirrter Lichtstrahl auf dem Metall brach und ihn verriet, und sah sich suchend um. Überall um ihn herum waren Männer, aber keiner war nahe genug und allein, so daß er ihn mit einem raschen Schritt hätte erreichen können.

Aber er hatte Zeit. Die Tremonen taten irgend etwas – was, konnte Torian nicht erkennen, aber es war klar, daß sie nicht nur tatenlos herumstanden und auf den Morgen warteten –, und früher oder später würde einer von ihnen in seine Nähe kommen.

Torian grinste böse. Er würde wenigstens einem von ihnen den Schnitt in seinem Gesicht zurückzahlen. Mit zehn Zentimeter Stahl. Direkt in die Rippen.

Ein paar der Schatten bewegten sich, kamen auf seine Deckung zu und bogen in wenigen Schritten Entfernung ab, in Richtung auf die Böschung zu. Torian sah nach oben. Hinter dem Höhleneingang glühte rotes Licht, und davor war der Schatten eines Menschen zu erkennen. Trotz seiner mißlichen Lage hätte er in diesem Augenblick nicht mit Bagain und seinen Männern tauschen mögen. Er hatte wenigstens noch eine winzige Chance. Die zehn Männer dort oben waren schon tot. Sie wollten es nur noch nicht wahrhaben.

Ein Geräusch auf der anderen Seite des Tales erweckte seine Aufmerksamkeit. Er ließ sich wieder in die Hocke sinken, kroch auf Händen und Knien – immer im Schatten bleibend und alle Sinne bis zum Zerreißen gespannt – ein Stück zur Seite und preßte sich in den Schutz eines anderen Felsen. Unaufhörlich spähte er in die blaugraue Dämmerung hinaus.

Sein Herz machte einen schmerzhaften Sprung, als er sah, wer das Geräusch verursacht hatte.

Zwanzig Schritte entfernt von ihm befand sich eine ganze Gruppe Tremoner, zehn, vielleicht auch fünfzehn Mann, die mit gezückten Schwertern und kampfbereit erhobenen Schilden eine ebenso eindrucksvolle wie nutzlose Ehrenwache um einen hochgewachsenen Mann bildeten. Er war schlank, vielleicht zwei Köpfe größer als Torian und unbewaffnet.

Und er trug die goldbestickte, schwarze Robe eines Magiers...

Torian ballte in einer Geste sinnlosen Zornes die Fäuste. Ein Magier! Hier, Hunderte Tagesreisen von Tremon entfernt! Den Herrschern der Grauen Stadt mußte verdammt viel daran gelegen sein, dem Invasionsheer aus Scrooth den Nachschub abzuschneiden. Bagain und seine Männer waren verloren, viel eher, als sie jetzt noch ahnten. Selbst wenn er dort oben tausend Krieger gehabt hätte statt zehn, wäre sein Schicksal besiegelt gewesen. Wenn nicht...

Torian dachte den Gedanken nicht zu Ende. Alles in ihm sträubte sich dagegen, auch nur die Möglichkeit in Betracht zu ziehen, Hand an einen Magier zu legen. Er hatte nie davon gehört, daß es jemand gewagt hätte, einen Angehörigen der Schwarzen Zunft zu töten. Allein der Gedanke war Häresie, mehr noch als Gotteslästerung, ein Kratzen an den Mächten der Schöpfung selbst.

Und doch – was hatte er schon zu verlieren? Wenn er wartete, bis der Morgen kam oder der Magier sein Werk beendet hatte, würde er sterben, und nach allem, was er über die Krieger aus Tremon wußte, würde es kein angenehmer Tod sein. Sie – und vor allem ihre Schwarzen Magier – waren berüchtigt für ihre Grausamkeit.

Er sah sich um, duckte sich noch ein wenig tiefer hinter seine Dekkung und musterte die dunklen Gestalten in seiner Nähe abschätzend. Er hatte den Vorteil der Überraschung auf seiner Seite, aber er durfte sich auch nicht den geringsten Fehler leisten. Ein einziger Schrei, eine hastige Bewegung, und er würde den Erfindungsreichtum der tremonischen Foltermeister kennenlernen.

Behutsam wickelte er sein Schwert aus seinem Mantel, steckte es in die Scheide zurück und zog statt dessen den Dolch aus dem Gürtel. Er würde seine Rechnung eben mit kleinerer Münze begleichen müssen...

Die Gelegenheit dazu kam schneller, als er zu hoffen gewagt hatte. Ein Krieger näherte sich seinem Versteck, blieb direkt neben dem Felsen, hinter dem Torian mit angehaltenem Atem wartete, stehen und begann irgend etwas an seiner Rüstung zu ordnen. Torian hob vorsichtig den Dolch, richtete sich etwas weiter auf und sah ein letztes Mal hastig in die Runde. Die Gelegenheit war günstig; niemand blickte in seine Richtung, und die Ankunft des Magiers und seiner Leibwache zog die Aufmerksamkeit des ganzen Lagers auf sich.

Als der Krieger wieder den Blick hob und weitergehen wollte, stieß Torian zu.

Der Mann bemerkte die Bewegung im letzten Augenblick und reagierte mit beinahe übermenschlicher Schnelligkeit. Er fuhr herum und schlug Torians Hand beiseite, nicht schnell genug, um den Hieb vollends abzuwehren, aber immer noch rasch genug, die rasiermesserscharfe Klinge von seiner Kehle abzulenken. Der Dolch traf nicht seinen Hals, sondern bohrte sich bis zum Heft in seine Schulter. Ein halb unterdrückter, keuchender Schmerzenslaut kam über seine Lippen. Er taumelte, umklammerte Torians Waffenhand mit beiden Fäusten und verdrehte sie.

Der Dolch brach mit einem leisen, metallischen Knacken dicht über dem Heft ab; die Klinge blieb in seiner Schulter stecken.

Torian riß sich mit einer verzweifelten Bewegung los, rammte dem anderen das Knie zwischen die Beine und schmetterte ihm die gefalteten Fäuste in den Nacken, als er sich krümmte. Der Körper des Mannes sackte lautlos vor ihm zu Boden.

Torian sprang zurück in den Schatten, lauschte einen Moment mit angehaltenem Atem und zerrte den Bewußtlosen mit sich. Der Körper war schwer, und Torian fiel erst jetzt auf, wie groß der Mann war – gut zwei Köpfe größer und anderthalb Mal so breit wie er selbst. Schon fast ein Riese. Seine Hände schienen kräftig genug, einem Mann im Spiel das Genick brechen zu können, und Torian spürte erst jetzt, wie seine Handgelenke schmerzten. Er hatte reines Glück gehabt, diesen Giganten so leicht besiegt zu haben.

Torian verscheuchte den Gedanken mit einem ärgerlichen Knurren und begann, den Tremoner zu entkleiden. Das silberne Kettenhemd war schwer, um so mehr, als er seinen eigenen, schwarzgeschuppten Panzer anbehielt und die Tremon-Uniform nur darüberwarf. Waffengurt und Schwert ließ er dem Toten; die Tremoner hatten – wie die meisten Söldnerheere – wohl einheitliche Uniformen, aber keine gleichartige Bewaffnung, so daß er getrost seine eigenen Waffen behalten konnte. Seine schwarzen Hosen und die dazu passenden Stiefel wurden zur Genüge vom roten Umhang des Kriegers verborgen. Torian brauchte kaum eine Minute, sich zu tarnen und auch noch den wulstigen, mit kleinen kupfernen Pailletten verstärkten Helm über sein Haupt zu stülpen.

Sein Herz hämmerte zum Zerspringen, als er aus seiner Deckung hervortrat und sich unter die Krieger mischte. Er ging schnell, aber nicht zu schnell, um keine Aufmerksamkeit zu erregen, sondern ganz wie ein Mann, der ein bestimmtes Ziel hatte. Torian lenkte seine Schritte zur Pferdekoppel hin, schwenkte aber auf halbem Wege ab, so daß er dicht an dem Magier vorbeikam. Einer der Wachen wandte den Blick und sah einen Moment lang gelangweilt in seine Richtung. Torian hob die Hand zum Gruße, deutete ein Nicken an und senkte den Kopf, damit niemand sein blutbesudeltes Gesicht sah. Seine Handflächen wurden feucht, und er glaubte, die Blicke der anderen wie kleine spitze Messer im Rücken zu fühlen.

Wahnsinn, dachte er. Was er vorhatte, war eine besonders komplizierte Form des Selbstmordes. Er würde dem Magier nicht einmal auf Armeslänge nahekommen, ehe ihn die Krieger in Stücke gehauen hatten.

Trotzdem ging er weiter. Er machte sich jetzt keine Illusionen mehr – sein Leben war verwirkt, so oder so. Trotz seiner Verkleidung war es unmöglich, aus dem Lager zu entkommen. Schon ein einziger, aufmerksamer Blick würde ihn entlarven. Aber vielleicht gelang es ihm noch, dem Opfer einen Sinn zu geben und einen der verhaßten Schwarzen Magier aus Tremon mit sich in den Tod zu nehmen.

Sein Blick suchte den Magier. Er hatte sich bisher nicht gerührt, sondern stand noch immer hoch aufgerichtet und in fast unnatürlich steifer Haltung inmitten seiner Krieger, eine schlanke, in fließendes Schwarz und Gold gehüllte Gestalt, die kaum wie die eines Menschen aussah, sondern ihn mit ihrer dunklen Aura und Unnahbarkeit eher an einen der Dämonen erinnerte, denen die Schwarzen Magier ihr Leben verschrieben hatten.

Torian blieb stehen, bückte sich, als müsse er ein Band seines Schnürstiefels richten, und musterte den Schwarzen Magier unter dem Wulst seines Helmes hervor.

Der Mann hatte die Augen geschlossen. Auf seinen Zügen lag ein angespannter, konzentrierter Ausdruck, und seine Hände vollführten kleine, komplizierte Bewegungen, zu denen seine Lippen unhörbare Beschwörungen murmelten. Die Männer in seiner Nähe wirkten nervös, und auch Torian spürte eine stärker werdende Unruhe, die nicht allein mit seiner Furcht zu tun hatte. Irgend etwas ging von dem Magier aus, etwas Unsichtbares und Düsteres.

Seine Hand glitt unter den Umhang und zum Schwert, während er in Gedanken seine Chancen überschlug. Wie es schien, war der Magier gerade in eine seiner Beschwörungen vertieft, und seine Leibgarde hatte mehr damit zu tun, ihre eigene Furcht im Zaum zu halten, als auf ihre Umgebung zu achten. Und sie fühlten sich sicher.

Ein knisternder Laut drang in seine Überlegungen; ein Laut wie das Zischen eines Blitzes, aber heller, gefährlicher und auf schwer zu fassende Weise *feindselig*. Torian richtete sich auf, blickte in die Runde – und unterdrückte im letzten Moment einen erschrockenen Ausruf.

Der Magier stand weiterhin starr und mit geschlossenen Augen inmitten seiner Männer, aber er hatte jetzt die Arme erhoben und die Finger in einer vieldeutigen Geste ineinander verwoben. Seine aneinandergelegten Hände wiesen nach oben, direkt auf den Eingang der Höhle, in der sich Bagain und seine Krieger verschanzt hatten, und für einen Moment glaubte Torian zu erkennen, wie die Luft vor seinen Händen zu flimmern begann, als stiegen Wellen von Hitze aus seinen

Fingerspitzen.

Ein blauweißer Blitz, gefolgt von einem urgewaltigen Donnerschlag, zerriß die Nacht. Torian fuhr mit einem erschrockenen Ausruf herum und starrte zur Höhle hinauf.

Das gezackte Loch in der Flanke des Berges hatte sich in einen feuerspeienden Schlund verwandelt. Eine brüllende Flammensäule schoß aus der Öffnung, wälzte sich zehn, fünfzehn Schritt den Hang hinab und fächerte schließlich zu einer brodelnden Wolke aus Glut und blauweißen, zuckenden Blitzen auseinander. Die Nacht wurde übergangslos zum Tage. Feuer regnete vom Himmel, gefolgt von einem Hagel glühender Felstrümmer. Torian glaubte Schreie zu hören, die Schreie Bagains und seiner Kameraden, und obwohl er wußte, daß das unmöglich war und sie längst tot und zu Asche zerfallen sein mußten, bildete er sich für einen schrecklichen Moment ein, brennende Gestalten hinter der Flammenwand zu erkennen.

Ein zweiter Donnerschlag ließ das Tal erzittern. Ein Teil des Berges brach auseinander, und der Höhleneingang verschwand hinter einer gewaltigen Geröllawine. Und noch immer schlugen Flammen aus dem Berg.

Torian fuhr mit einem krächzenden Schrei herum. Für einen Augenblick waren die Augen aller auf den brennenden Berg gerichtet; selbst die Wachen waren abgelenkt und starrten wie gebannt in das dämonische Feuer, das ihr Meister entfacht hatte. Für einen Moment war die lebende Mauer um den Magier durchbrochen.

Torian machte einen Schritt auf den Magier zu. Seine Hand klammerte sich fester um das Schwert, das er noch immer unter dem roten Umhang verborgen hielt. Eine der Wachen sah auf. In seinen Augen stand ein halb fragender, halb mißtrauischer Ausdruck.

»Was willst du?« herrschte er Torian an. Seine Stimme ging fast im Brüllen der Flammen und dem Grollen des bebenden Berges unter.

»Nichts«, antwortete Torian mit einem Lächeln. Dann stieß er dem Mann das Schwert in die Brust, schlug den neben ihm Stehenden mit dem Schild zu Boden und trat einem Dritten die Füße unter dem Leib weg.

Ein vielstimmiger Aufschrei ging durch die Reihe der Wächter. Schwerter blitzten auf, Schilde und Dolche wurden gehoben, als die

Männer die Gefahr erkannten und sich schützend vor ihren Meister werfen wollten.

Aber Torian war schneller. Mit einem einzigen Schritt erreichte er den Magier und riß ihn an der Schulter herum. »Für Scrooth!« schrie er. »Stirb, du Hund!«

Alles geschah gleichzeitig: Torians Schwert traf den Magier und tötete ihn, die Wachtposten eilten herbei und rissen ihn verzweifelt von seinem Opfer fort, und das Höllenfeuer oben im Berg erwachte zu neuer, noch furchtbarerer Glut.

Torian fiel. Schläge und Tritte prasselten auf ihn herab, ein Schwert wurde geschwungen, zerschnitt sein Kettenhemd und zerbrach seinerseits an der zweiten Panzerung, die er darunter trug. Torian wehrte sich verzweifelt, aber gegen die zehnfache Übermacht hatte er keine Chance. Brutal wurde er auf die Füße gezerrt und ein Stück von dem toten Magier weggeschleift. Einer der Männer zog einen Dolch und machte Anstalten, ihm die Kehle durchzuschneiden, aber einer seiner Kameraden schlug ihm den Arm herunter und stieß ihn fort.

»Warte!« keuchte er. »Der Hund hat den Meister ermordet. So billig soll er nicht davonkommen! Schafft ihn weg, aber krümmt ihm kein Haar. Wer ihm etwas antut, bezahlt mir mit seinem Kopf dafür!«

Die Söldner gehorchten. Torian bäumte sich mit aller Kraft auf, aber die Übermacht war zu gewaltig – allein vier Mann hielten seine Arme, und die gleiche Anzahl stand dabei und war bereit einzugreifen, sollte er sich doch irgendwie befreien. Er wurde zum Ende des Lagers gezerrt, roh zu Boden geschleudert und auf den Bauch gewälzt. Ein Stiefel setzte sich in seinen Nacken und preßte sein Gesicht in den Boden, daß er kaum noch Luft bekam. Rauhe Hände packten seine Handgelenke, zwangen sie zusammen und begannen, einen Strick darumzuwickeln.

Sie führten die Bewegung nie zu Ende.

Die Nacht wurde übergangslos zum Tage. Ein unerträgliches, blauweißes Licht ließ das Tal in grausamer Glut erstrahlen, und ein ungeheurer, berstender Donnerschlag verschluckte die Schreckensschreie der Männer. Torian spürte, wie der Mann, der auf seinem Rücken kniete, wie von einer unsichtbaren Hand gepackt und davongeschleudert wurde, dann traf ihn selbst der Hieb einer Riesenfaust, riß ihn in die Höhe und schleuderte ihn wie einen Spielball davon. Er fiel, überschlug sich, prallte gegen einen Baum und blieb halb benommen liegen. Mühsam wälzte er sich herum und blinzelte aus tränenden Augen zurück.

Der Berg war wieder aufgebrochen und spie erneut Feuer. Aber diesmal waren es keine normalen Flammen, sondern die entfesselte Glut der Hölle, ein unerträglich *helles* Feuer, das wie der Atem eines feurigen Gottes über den Hang strich, sich in einer brüllenden Woge über Geröll und Felsen wälzte und die rotgekleideten Krieger aus Tremon erreichte und weiterraste. Männer flammten auf wie trockenes Geäst und zerfielen zu Asche, Felsen glühten auf und zerliefen zu brodelnder Lava. Selbst die Luft schien zu brennen. Über dem Tal begann sich ein brüllender Flammenpilz in die Höhe zu wälzen.

Torian schrie, als die Hitzewelle auch ihn erfaßte und sein Haar und seine Haut versengte. Er taumelte herum, schlug brüllend die Hände vor das Gesicht und wankte vor der kochenden Flammenwand davon. Sein Umhang brannte. Er riß ihn von den Schultern, schleuderte ihn von sich und taumelte auf die Pferdekoppel zu. Die Tiere waren in Panik geraten, schlugen mit den Vorder- und Hinterläufen um sich und verletzten sich gegenseitig. Die dünnen Lederriemen, mit denen sie gebunden waren, zerrissen, und auch die armdicken Balken, aus denen die hastig errichtete Koppel bestand, hielt dem Ansturm der Tiere nicht lange stand.

Torian sprang verzweifelt zur Seite, als die Tiere endgültig durchgingen und blind vor Schmerz und Angst die Flucht ergriffen. Zwei tremonische Krieger, die wie er die Koppel erreichen wollten, aber das Pech hatten, schneller als er gewesen zu sein, wurden vor seinen Augen niedergetrampelt.

Torian wankte. Jeder Atemzug brannte wie flüssiges Pech in seiner Kehle, und sein Haar war dort, wo es nicht vom Helm geschützt war, längst zu Asche zerfallen. Sein Gesicht fühlte sich an, als wäre es eine einzige Brandblase. Blind vor Schmerz und Angst taumelte er das abschüssige Tal hinab, stürzte, kämpfte sich wieder hoch und wankte weiter. Hinter ihm lohte noch immer das Feuer der Hölle, ein flammender, weißglühender Pfuhl, der das gesamte hintere Drittel des Tales einhüllte und den Himmel in rotorangenem Widerschein erglühen ließ. Aber die Flammen breiteten sich wenigstens nicht weiter aus, sondern beschränkten sich auf den Teil des Tales, in dem die Tremoner gelagert hatten.

Torian taumelte weiter auf den Fluß zu. Vereinzelt glaubte er, noch Schreie durch das Brüllen und Prasseln der Flammen zu hören, aber das mußte eine Täuschung sein. Selbst hier, mehr als hundert Schritt von der Grenze des flammenden Todeskreises entfernt, war die Hitze nahezu unerträglich. Hinter der weißglühenden Wand mußten Temperaturen herrschen, die jedes Leben in Bruchteilen von Sekunden auslöschten.

Seine Kräfte verließen ihn fast, ehe er den Fluß erreichte. Das glitzernde Band begann sich vor seinen Augen zu drehen, und er spürte erst jetzt, wie sehr all die kleinen und großen Wunden, die er in den letzten Augenblicken davongetragen hatte, schmerzten. Er strauchelte, fiel abermals und legte die letzten Meter auf Händen und Knien kriechend zurück.

Das Wasser war eisig, aber die Kälte vertrieb die Schwaden dunkler Bewußtlosigkeit, die sich um Torians Gedanken winden wollten. Sekundenlang blieb er reglos im Uferschlamm liegen, das Gesicht tief in das kalte, schnellfließende Wasser getaucht, dann stemmte er sich hoch, atmete tief ein und schüttelte sich mit einer heftigen Bewegung das Wasser aus dem Haar.

Er hörte die Schritte, aber seine Reaktion kam zu spät.

Irgend etwas traf ihn mit mörderischer Wucht zwischen den Schulterblättern und ließ ihn mit einem halberstickten Schrei erneut zusammenbrechen. Sein Gesicht geriet unter Wasser. Er versuchte, sich hochzustemmen und gleichzeitig herumzudrehen, aber im gleichen Moment traf ihn ein zweiter, womöglich noch härterer Hieb, warf ihn abermals nach vorne und raubte ihm halbwegs die Besinnung. Eine schwielige Hand legte sich um seinen Nacken und drückte zu; starke, harte Finger umfaßten seinen Hinterkopf und preßten sein Gesicht unter Wasser und in den warmen Schlamm des Flußgrundes, während eine andere Hand nach seinem linken Arm griff und ihn grausam verdrehte.

Torian strampelte hilflos mit den Beinen. Er fühlte, wie er irgend etwas traf und dieses Etwas schmerzhaft zusammenzuckte, aber der tödliche Griff um seinen Nacken lockerte sich nicht. Im Gegenteil – sein Gesicht wurde nur noch heftiger in den Schlamm gepreßt, und ein Knie traf ihn mit fürchterlicher Wucht in den Rücken und trieb ihm auch noch den letzten Rest von Luft aus den Lungen.

Torian bäumte sich noch einmal auf, krallte die rechte, freie Hand in den Boden – und hörte auf, sich zu wehren. Sein Gesicht wurde weiter unter Wasser gedrückt, aber das Knie verschwand von seinem Rücken. Er widerstand im letzten Moment der Versuchung, tief durchzuatmen.

Seine Lungen schienen zu platzen. Ein dumpfer, würgender Schmerz machte sich in seiner Kehle breit; feurige Ringe blitzten vor seinen geschlossenen Augen auf, und in seinem Schädel war mit einem Male ein dumpfes, an- und abschwellendes Rauschen. Der Druck auf seinen Brustkorb wurde unerträglich. Aber er rührte sich noch immer nicht, sondern blieb weiter reglos liegen und stellte sich tot.

Schließlich – nach Sekunden, die Torian wie Jahrhunderte vorkamen – löste sich die Hand von seinem Nacken; der Druck verschwand, und auch sein linker Arm kam frei. Trotzdem blieb Torian weiter liegen, obwohl der Druck in seiner Brust die Grenzen des Vorstellbaren überstiegen hatte und sich weiter verstärkte. Hinter seinen Gedanken begann eine tiefe, bodenlose Dunkelheit aufzuklaffen.

Torian zählte in Gedanken bis drei, raffte das letzte bißchen Kraft, das noch in seinem geschundenen Körper war, zusammen, und stieß sich mit einer blitzschnellen Bewegung mit den Armen ab. Sein Mund öffnete sich zu einem keuchenden Atemzug, während seine Beine blind und ungezielt nach hinten traten. Er traf, und er spürte, wie hart er traf. Ein krächzender Schrei erklang, und dicht hinter Torian stürzte ein schwerer Körper zu Boden, im gleichen Moment, in dem er selbst zum dritten Mal in den Fluß klatschte. Prustend und spuckend arbeitete er sich wieder hoch, fuhr herum und atmete abermals tief ein. Seine Lungen schmerzten, und die Gestalt des Gegners schien sich vor seinen Augen auf unmögliche Weise zu drehen und zu verbiegen, als betrachtete er sie durch einen Zerrspiegel.

Der Mann stemmte sich bereits wieder auf die Füße. Torians Tritt mußte ihn vollkommen unvorbereitet getroffen haben, aber er war kaum kräftig genug gewesen, ihn ernsthaft zu verletzen. Trotzdem wankte er, und sein Gesicht war vor Schmerz und Anstrengung verzerrt. Seine linke Schulter war schwarz von eingetrocknetem Blut, und der Arm hing nutzlos und steif herab. Er trug weder Mantel noch Kettenhemd, und sein dunkles, ehemals schulterlanges Haar war verkohlt und an manchen Stellen bis auf die Kopfhaut abgesengt. Sein Gesicht und sein nackter Oberkörper waren übersät mit Brandwunden.

Torian stemmte sich hoch, wich schweratmend vor seinem zwei Köpfe größeren Gegner zurück und sah sich verzweifelt nach einer Waffe um. Der andere war verletzt, aber der Zorn gab ihm zusätzliche Kräfte, und Torian fühlte, wie seine eigenen mit jeder Sekunde weiter schwanden. Einen Kampf, der länger als ein paar Augenblicke dauerte, würde er nicht mehr durchstehen.

»Bleib... stehen, du Hund«, keuchte der andere. »Stell dich... zum Kampf.«

Torian lachte schrill, wich rasch zwei, drei Schritte zurück und bückte sich nach einem Schwert. Aber sie standen auf einem Schlachtfeld, und der Boden war übersät mit Waffen. Als er sich aufrichtete, war auch die Hand des anderen nicht mehr leer.

Torian verfluchte zum x-ten Male in dieser Nacht sein Schicksal. Er schien das Pech gepachtet zu haben, seit er vor vier Monaten durch Unterzeichnung des Söldnervertrages in den Dienst von Scrooth getreten war. Er hatte die erstbeste Waffe die er sah, an sich gerissen –, ein schlankes, nur einseitig geschliffenes Rapier, gut für einen ritterlichen Kampf nach feststehenden Regeln, aber kaum geeignet, einen tobenden Riesen wie den, dem er gegenüberstand, aufzuhalten. Vor allem nicht, wenn der ein fast anderthalbmeterlanges Zweihänderschwert schwang...

Der halbnackte Riese kam mit wiegenden Schritten näher. Torian fiel erneut auf, daß seine Schritte unsicher und wankend waren. Sein Atem ging sehr schnell, und die Wunde an seiner linken Schulter schien ihn mehr zu behindern, als er selbst glaubte. Sein Gesicht zuckte vor Schmerz, während er Torian Schritt für Schritt vor sich hertrieb. Unter seinem Schlüsselbein glitzerte etwas Schmales, Silbernes...

Die Erkenntnis traf Torian wie ein Schlag.

Der Riese war niemand anderer als der Krieger, den er angegriffen hatte, um sich seiner Kleider zu bemächtigen! Er hatte ihn für tot gehalten, aber er lebte, und irgendwie war es ihm gelungen, sich aus dem Lager zu schleppen, bevor das Höllenfeuer dort jedes Leben ausgelöscht hatte.

Der andere schien den betroffenen Ausdruck auf seinen Zügen richtig zu deuten.

»Du irrst dich nicht, du Hund«, knurrte er. Das Schwert in seiner Hand zitterte. Er hielt es nur mit der Rechten, und selbst einem Giganten wie ihm mußte das Gewicht zu schaffen machen.

»Du... hättest dich davon überzeugen sollen, daß ich wirklich tot bin«, fuhr er fort. »Denn jetzt werde ich dich töten.«

Torian machte einen verzweifelten Satz, als der Riese seine Waffe schwang, um seine Ankündigung unverzüglich in die Tat umzusetzen. Das Zweihänderschwert klirrte über den Boden, kam in einer unmöglich erscheinenden Kreisbewegung wieder hoch und hackte nach Torians Beinen. Torian parierte den Hieb mit seinem Rapier. Er spürte, wie die zerbrechliche Waffe in seinen Händen vibrierte, obwohl sich die Klingen kaum berührt hatten. Ein wirklicher Treffer, und die Waffe würde zerbrechen wie Glas.

Auch der andere schien dies erkannt zu haben. Mit einem triumphierenden Brüllen sprang er weiter vor, schwang seine Waffe und schlug wie ein Rasender auf Torian ein. Seine Hiebe waren kaum gezielt, aber voll ungestümer Kraft, und ihr Sinn war einzig und allein, seinen Gegner weiter vor sich herzutreiben und ihn seiner Waffe zu berauben.

Torians Gedanken überschlugen sich. Er spürte instinktiv, daß es sinnlos wäre, zu fliehen – aber seine Kraft war der dieses tobenden Titanen auch nicht gewachsen. Er duckte sich, tauchte unter einem wuchtig geführten Streich hindurch und stach nach dem Bein des Riesen. Das Rapier schlitzte seine Hose auf und hinterließ eine handlange klaffende Wunde auf seinem Oberschenkel, aber jener schien die Verletzung nicht einmal zu spüren. Und wenn, dann stachelte sie seine Wut höchstens noch mehr an. Torian wich hastig weiter zurück, verlor auf dem morastigen Untergrund den Halt und fiel schwer auf den Rücken. Der andere stieß einen gellenden Schrei aus und warf sich auf ihn.

Torians Klinge blockierte die seine im letzten Moment. Das Rapier zerbrach unter dem wuchtigen Streich des gewaltigen Schwertes, aber die aufwärts gebogenen Zinken des Handschutzes verkanteten sich an der Klinge; die beiden Schwerter entglitten unter der Wucht des mit aller Kraft geführten Hiebes den Händen ihrer Besitzer und verschwanden in der Dunkelheit.

Torian bäumte sich auf, spreizte Zeige- und Mittelfinger und stieß damit nach den Augen seines Gegners. Der aber fegte seine Hand beiseite, ballte die Faust und schlug mit aller Kraft zu. Torian drehte im letzten Moment den Kopf weg, und die gewaltige Faust des Mannes hämmerte dich neben seiner Schläfe in den Boden.

»Ich bringe dich um«, keuchte der Riese. »Ich zerquetsche dich wie eine Wanze! Ich kann dich in den Boden stampfen wie eine Laus!«

Torian glaubte es ihm. Der andere hockte wie ein Berg aus Fleisch auf seiner Brust und zerquetschte ihm allein mit seinem Gewicht allmählich die Rippen. Torian wehrte sich verzweifelt, aber der Tremoner schien seine Hiebe nicht einmal zu registrieren. Im Gegensatz zu Torian konnte er nur seinen rechten Arm benutzen – aber dieser Nachteil wurde durch seine gewaltige Körperkraft mehr als wettgemacht. Seine Schläge prasselten immer heftiger auf Torian herab, beinahe ungezielt, aber mit mörderischer Wucht.

Schließlich gelang es Torian, sein rechtes Bein freizubekommen. In einer verzweifelten Anstrengung zog er das Knie an den Körper, bekam das Bein zwischen sich und den Riesen und stieß ihn mit aller Kraft von sich herunter. Der Gigant fiel schwer auf den Rücken und blieb sekundenlang reglos liegen.

Aber auch Torian war mit seinen Kräften am Ende. Mühsam wälzte er sich auf den Bauch, stemmte beide Hände gegen den Boden und versuchte sich hochzudrücken.

Es gelang ihm erst beim dritten Versuch. Das Schlachtfeld, der Fluß, der Himmel und der brennende Berg begannen einen irren Tanz um ihn herum aufzuführen, und ihm wurde übel. Wie durch einen dichten, betäubenden Nebel registrierte er, wie auch der andere wieder auf die Füße kam und sich torkelnd auf ihn zubewegte. Torian machte einen Schritt, fiel auf ein Knie herab und stemmte sich wieder hoch.

»Hör... endlich auf, du Idiot«, keuchte er. »Der Krieg ist... vorbei...«

Er wußte nicht, ob der andere ihn überhaupt hörte. Seine Gestalt begann sich wieder vor seinen Augen zu verzerren, und diesmal war es mehr als ein vorübergehender Schwächeanfall, das spürte er. Taumelnd wandte er sich um, wankte zum Fluß zurück und fiel im Uferschlamm auf die Knie. Der andere folgte ihm. Aber auch er wankte.

»Hör... auf«, preßte Torian noch einmal mühsam hervor. »Oder bring mich um, wenn du willst.«

»Du... hast den... Meister umgebracht«, keuchte der andere. Sein Atem ging schnell und rasselnd. Seine Arme pendelten kraftlos vor seinem Körper, und er versuchte vergeblich, die rechte Hand zur Faust zu ballen. Er machte einen weiteren Schritt auf Torian zu, fiel ebenfalls auf die Knie und stürzte vollends, als er im Begriff war, nach ihm zu schlagen. Torian versuchte instinktiv, die Arme hochzureißen, um den Hieb abzuwehren, verlor ebenfalls die Balance und stürzte neben ihn.

Als er die Augen öffnete, blickte er direkt in das geschwärzte Gesicht seines Gegners. Die dunklen Augen des Riesen musterten ihn mißtrauisch, aber Torian glaubte auch, ein sanftes, spöttisches Funkeln darin wahrzunehmen.

»Du kommst nicht aus Scrooth, nicht?« murmelte der andere.

»Nein«, antwortete Torian müde. »Ich bin... ein Söldner.«

»Genau wie ich.« Der Riese schwieg einen Moment, und wieder lief ein rasches, schmerzhaftes Zucken über sein Gesicht. Nach einer Weile hob er den Kopf und blickte zurück dorthin, wo noch immer die Flammen des Höllenfeuers gegen den Himmel leckten. Roter Feuerschein spiegelte sich in seinen Augen. Es sah aus, als brennten sie. »So wie es aussieht, sind unsere Auftraggeber soeben allesamt zur Hölle gefahren«, murmelte er.

Torian nickte. »Da kannst du recht haben.«

»Dann«, fuhr der andere heiser fort, »wüßte ich keinen logischen Grund, aus dem wir uns noch gegenseitig umbringen sollten.« Er runzelte die Stirn. »Fällt dir einer ein?«

Torian blickte ihn einen Herzschlag lang verwirrt an. Dann begann er schallend zu lachen.

Du hast recht«, sagte Garth. »Wir sind tatsächlich die letzten.«
Torian nickte, ohne von seinem Essen aufzusehen. Es war eine Stunde her, seit er aufgewacht und sich mit dem eisigen Wasser des Flusses das Blut aus dem Gesicht gewaschen hatte. Seitdem aß er. Ununterbrochen.

»Du wolltest mir ja nicht glauben«, bemerkte er kauend. »Ich habe *gesehen*, wie sie von den Flammen vernichtet wurden.« Er deutete mit einer Kopfbewegung zum Ende des Tales, brach ein weiteres Stück Brot ab und schob es sich in den Mund.

Garth blickte einen Moment lang stirnrunzelnd zu den verbrannten Felsen hinüber, schüttelte den Kopf und ließ sich mit untergeschlagenen Beinen neben Torian nieder. Er hatte das Tal abgesucht und sogar einen Teil der Felswand erstiegen, um einen besseren Überblick zu gewinnen. Aber seine Suche war erfolglos gewesen. Torian und er waren die einzigen Überlebenden. Das vom Schwarzen Magier entfachte Feuer hatte Freund und Feind unterschiedslos dahingerafft. Von den Männern, die am Fuße der Geröllhalde gelagert hatten, waren nicht einmal Knochen geblieben. Torian war wie Garth zurückgegangen, aber er hatte es – anders als er – bei einem einzigen flüchtigen Blick belassen. Der Boden war da, wo das Höllenfeuer über ihn hinweggefegt war, zu schwarzem Glas verschmolzen, und dort, wo sich die Höhle befunden hatte, glühte der Felsen selbst jetzt noch.

»Es ist schon erstaunlich«, murmelte Garth nach einer Weile.

Torian kniff ein Auge zu, sah ihn an und nahm einen Schluck aus dem Weinschlauch, der neben ihm im Sand lag. »Waschischerstaunlisch?« nuschelte er mit vollem Mund.

»Daß ein Knirps wie du solche Portionen in sich hineinstopfen kann«, gab Garth ernst zurück.

Torian blickte ungerührt auf den Berg von Lebensmitteln und Weinschläuchen, den er neben sich aufgehäuft hatte, schmatzte lautstark und spülte mit einem weiteren Schluck Wein nach, ehe er antwortete. In seinem Kopf machte sich ein leises, schummeriges Gefühl breit. Er hatte zuviel gegessen und vor allem zuviel getrunken. Aber nach dem Erwachen war ihm, als hätte er tagelang gehungert. »Du kennst die Rationen nicht, welche die Söldner von Scrooth bekommen«, sagte er und rülpste ungeniert. Garth verzog das Gesicht, ersparte sich aber einen Kommentar. »Außerdem haben wir einen verdammt langen Weg vor uns, mein Lieber. Und keine Pferde. Wir werden nur so viel Proviant mitnehmen können, wie du tragen kannst.«

»Wir finden schon ein paar Pferde«, antwortete Garth. »Und bis zur nächsten Stadt ist - wie meinst du das, wie *ich* tragen kann?«

Torian grinste. Fast gegen seinen Willen empfand er eine - wenn auch schwache und noch immer mit Mißtrauen gepaarte - Sympathie, und wie es seine Art war, drückte er dies mit einem rauhen Scherz aus. Wenigstens versuchte er es.

»Ich dachte, das wäre klar«, erwiderte er mit gespieltem Ernst. »Wenn wir beide schon zusammen wandern, sollten wir die Rollen von Anfang an verteilen. Ich denke, und du läßt die Muskeln spielen. Schließlich ist jeder von uns dem anderen auf dem betreffenden Gebiet gehörig überlegen. *Stark*«, fügte er nach einer winzigen Pause hinzu, »bist du ja, zugegeben.«

»Und nicht halb so dämlich, wie du aussiehst, Kleiner«, knurrte Garth.

Torian ignorierte seine Bemerkung. »Ich will dich nicht beleidigen, Garth«, fuhr er ernsthaft fort. »Aber die Natur hat es nun mal so eingerichtet - einer hat viel Hirn, der andere viel Muskelkraft.«

Garth nickte, griff nach einem Streifen Salzfleisch und riß sich ein gehöriges Stück davon ab, als halte er trockenes Pergament in Händen. »Möglich«, knurrte er. »Aber wenn ich einer mit viel Hirn wäre, würde ich mich hüten, so etwas zu einem mit viel Muskelkraft zu sagen, weißt du?« Er biß in sein Fleisch, grinste, als er Torians verblüfften Gesichtsausdruck sah, und wurde übergangslos ernst. »Wie soll's nun weitergehen?«

Torian hob unentschlossen die Achseln. »Wir könnten hierbleiben«, schlug er vor. »Das wäre vielleicht die einfachste Lösung. Aber nicht unbedingt die sicherste.«

Garth blinzelte. »Hierbleiben?« Er schwieg einen Moment, sah sich demonstrativ um und nickte dann. »Sicher... es sind genügend Leichen da. Wenn wir sparsam sind, können wir ein paar Monate von ihrem Fleisch leben.«

»Ich meine es ernst«, versetzte Torian verärgert. »Spätestens morgen werden dreihundert Männer hier eintreffen. Wir können uns ihnen anschließen.«

»Dreihundert Mann«, wiederholte Garth nachdenklich. »Du sprichst von den Bogenschützen aus Lacom, nehme ich an.«

Torian sah auf. »Du weißt von ihnen?«

»Ich weiß es. Und ich weiß, daß du auf sie warten kannst, bis du schwarz wirst. Sie werden nicht kommen.«

»Und warum nicht?« fragte Torian lauernd.

»Weil ihre Knochen irgendwo dort oben im Gebirge vermodern«, erwiderte Garth ungerührt. »Wir haben sie schon vor drei Tagen erledigt, weißt du?« Ein flüchtiges, nicht sonderlich humorvolles Lächeln huschte über seine Züge. »Ihr Halsabschneider aus Scrooth seid nicht die einzigen, die etwas vom Kriegshandwerk verstehen.«

Torian sah unwillkürlich auf und blinzelte gegen das grelle Licht der Morgensonne nach Norden. Die Berge schienen hinter einem Vorhang flimmernder Luft zu liegen. Ihre Gipfel bewegten sich wie die Kronen bizarrer steinerner Bäume. Ein vages Gefühl des Erschreckens machte sich in ihm breit.

»Ihr wußtet...«

»Von dem Paß?« Garth nickte. »Sicher doch. Warum, glaubst du, waren wir hier. Außerdem«, fügte er in verändertem Tonfall hinzu, »würde ich nicht auf sie warten. Ich habe vorerst die Nase voll vom Kriegführen.«

Torian nickte. »Wenn es so ist, müssen wir uns eben allein durchschlagen. Das Beste wird wohl sein, wenn wir versuchen, Llolland oder eine der anderen Freien Städte zu erreichen. Jedenfalls werde ich das tun.«

»Du willst nicht zurück nach Scrooth?«

Torian lachte schrill. »Bin ich blöd?«

»Ja«, sagte Garth und biß erneut in sein Fleisch.

»Möglich. Aber ich gedenke nicht, mich ein zweites Mal in die Söldnerlisten eintragen zu lassen. Die Götter werden nicht jedesmal soviel Einsehen mit einem verängstigten schwachen Menschen haben, der durch unglückliche Umstände und gegen seinen Willen in einen Krieg hineingezogen wurde, der ihn nichts angeht.«

Garth sah sich suchend um. »Vom wem sprichst du?« fragte er. »Ich dachte, außer uns beiden wäre hier keiner mehr.«

Torian schleuderte das angebissene Stück Fleisch in den Fluß und sah zu, wie es auf den Wellen hüpfend verschwand. »Und du? Du gehst zurück nach Tremon, nehme ich an?«

»Nein«, antwortete Garth. »In einem Punkt stimme ich dir bei, Kleiner. Man sollte sein Schicksal nicht zweimal hintereinander herausfordern. Die Idee mit den Freien Städten gefällt mir. Vielleicht gehe ich auch dorthin.«

Torian sah den dunkelhaarigen Riesen fragend an. »Du stammst nicht aus Tremon?« fragte er.

Garth grunzte. »Sehe ich aus wie ein verdammter Fischfresser?« Er schleuderte sein Fleisch dem Torians hinterher, wischte sich die fettigen Finger an der Hose ab und schüttelte bekräftigend den Kopf. »Es war ein reiner Zufall, daß ich in diesen verlotterten Haufen geraten bin«, erzählte er. Er nickte erneut, gähnte hinter vorgehaltener Hand und grinste plötzlich. »Ich hatte die Wahl, weißt du? Ich konnte meinen Daumenabdruck unter die Söldnerrolle setzen oder den Daumen verlieren – zusammen mit dem Rest der Hand. Die Tremoner sind humorlose Menschen...«

»...welche Dieben die Hand abschneiden, wenn sie sie in anderer Leute Taschen finden«, führte Torian den Satz zu Ende. »Was warst du – nur hungrig oder ein professioneller Dieb?«

»Ein hungriger professioneller Dieb«, gab Garth grinsend zurück. »Und ein ziemlich guter sogar.«

»So gut offensichtlich nicht – sonst wärest du kaum hier.«

Garth zog ein Gesicht, als hätte er unversehens in eine saure Zitrone gebissen. »Jeder hat mal Pech«, seufzte er. »Selbst Garth, Die Hand.«

»Die Hand?« Torian riß die Augen auf und musterte sein Gegenüber mit einem ungläubigen Blick. »Du bist... Garth, Die Hand?!«

»Ich sehe, du hast von mir gehört«, lächelte Garth. »Ich fühle mich geschmeichelt.«

»Garth, Die Hand«, wiederholte Torian kopfschüttelnd. »Wenn du es wirklich bist, dann vergiß die Idee mit Llolland. Ich war da, bevor ich so verrückt war, nach Srooth zu gehen. Sie haben einen Preis auf deinen Kopf ausgesetzt.«

Garth seufzte. »Die Menschen sind nachtragend«, sinnierte er betrübt. »Es ist schlimm.«

»Der Statthalter von Llolland hat es dir wohl übelgenommen, daß du ihm den Kronschatz praktisch unter den Händen weggestohlen hast.«

»Ja«, erwiderte Garth säuerlich. »Und dann hat er seinen Wert schlicht verzehnfacht, um einen Grund für neue Steuererhöhungen zu haben. Dieser Halsabschneider sollte mir dankbar sein.« Er gähnte erneut, stand umständlich auf und reckte sich. Seine Mundwinkel zuckten, als er die verletzte Schulter zu bewegen versuchte.

Torian wurde übergangslos ernst. Er hatte die abgebrochene Dolchklinge entfernt, ohne daß Garth auch nur mit den Wimpern gezuckt hätte, aber er wußte, daß der breitschultrige Riese entsetzliche Schmerzen ertragen mußte. Garth hatte trotz allem Glück gehabt. Sein Dolch war am Schlüsselbein abgeglitten und glatt durch die Schulter hindurchgegangen, ohne den Knochen zu brechen oder eine Ader zu verletzen. Trotzdem wären die meisten anderen Männer, die er kannte, an der Verwundung gestorben.

»Das mit deiner Schulter tut mir leid«, wandte er sich plötzlich an Garth. Seine Worte überraschten ihn beinahe selbst, aber irgendwie war er auch froh, sie ausgesprochen zu haben. Er hatte einen Teil der Nacht wach neben dem Riesen verbracht, während der im Fieber dagelegen hatte, und es war keine sehr schöne Nacht gewesen. Garth hatte die Uniform des Feindes getragen, als sie sich zum ersten Mal begegnet waren, und er hätte Torian, ohne mit der Wimper zu zucken, das Genick gebrochen, hätte er die Gelegenheit dazu gehabt. Und trotzdem war sich Torian während seiner Nachtwache neben ihm schmutzig – *besudelt* – vorgekommen. Er hätte es nicht tun dürfen. Er hatte kein Recht gehabt, einen Menschen um eines Mantels wegen töten zu wollen. Krieg *war* schmutzig, und Torian hatte sich in diesem Punkt niemals etwas vorgemacht. Er hatte zahllose Männer getötet, auf beiden Seiten, je nachdem, in wessen Sold er gerade stand. Aber er dauerte schon zu lange. Und vielleicht hatte er einmal zuviel getötet.

Garth winkte ab. »Das braucht es nicht. Du hast meine Uniform angegriffen, nicht mich. Unsere Feindschaft ist mit unseren Söldnerverträgen erloschen. Außerdem«, fügte er mit einem flüchtigen Lächeln hinzu, »hast du mir gewissermaßen das Leben gerettet. Wäre ich dir nicht nachgekrochen, um dir den Hals umzudrehen, wäre ich gebraten worden.«

Torian blickte ihn ernst an. »Das meinst du wirklich, nicht wahr?«

»Wäre es anders«, erwiderte Garth ebenso ernst, »würdest du nicht mehr leben, Kleiner.« Er lächelte und wechselte übergangslos das Thema. »Wir sollten aufbrechen. Wenn wir Glück haben, erreichen wir die Furt, ehe es Mittag wird und die größte Hitze da ist. Ich habe keine Lust, gebacken zu werden.« Er bückte sich, lud sich einen Teil der Lebensmittel, die Torian zusammengetragen hatte, auf die Schultern und richtete sich ächzend wieder auf. Der rote Umhang mit den silbernen Kommandantenstreifen gab seiner hünenhaften Erscheinung beinahe etwas Würdiges, und das zweischneidige Paradeschwert an seiner Seite blitzte wie ein gefangener Sonnenstrahl in der durchbrochenen Prachtscheide. Sie hatten sich das Beste an Kleidern und Waffen genommen, was sie auf dem Schlachtfeld finden konnten, und auch die Geldkatzen an ihren Gürteln waren wohlgefüllt.

Torian stand ebenfalls auf und nahm seine Last auf die Schultern, blieb jedoch stehen, als Garth losgehen wollte, und drehte sich noch einmal um. Sein Blick suchte die zerfetzte schwarze Wunde, die da in der Felswand gähnte, wo zuvor die Höhle gewesen war. Er dachte an Bagain und seine Kameraden zurück, die dort oben gestorben waren, und ein vages Gefühl der Trauer machte sich in ihm breit. Bagain war nicht wirklich sein Freund gewesen. Aber er hatte ihn gemocht, und auch das war etwas, wofür in seinem Leben viel zu wenig Platz gewesen war, bisher.

»Was hast du?« fragte Garth.

Torian winkte ab. »Nichts«, erwiderte er rasch. »Ich... ich frage mich bloß, was das war...«

»Das Feuer?« Garth starrte ihn an. »Du weißt es nicht?«

Torian schüttelte den Kopf. Es interessierte ihn nicht wirklich. Aber er wollte nicht, daß Garth erfuhr, woran er gedacht hatte. »Nein.«

»Du hast einen Magier getötet, Kleiner«, sagte Garth verwirrt. »*Während* einer Beschwörung.«

»Und?«

»Und, und«, äffte ihn Garth nach. »Die Kräfte, die ein Magier beherrscht, werden frei, wenn er während einer Beschwörung stirbt – was glaubst du, warum die Könige von Tremon ihre Schwarzen Lieblinge hätscheln wie die Schoßhunde?« Er setzte seine Last wieder ab und deutete mit einer abrupten Geste nach Westen. »Erinnerst du dich an das große Feuer, das halb Norland eingeäschert hat, während der Troll-Kriege?«

Torian nickte. »Sicher.«

»Es war kein Feuer«, erklärte Garth ernst. »Die Könige von Norland haben einen Magier in die Schlacht geschickt, und sie hatten das Pech, daß den armen Kerl ein Pfeil traf, während er den Trollen gerade die Füße ankokeln wollte.« Er grinste böse, öffnete die Linke und schlug mit der geballten Faust hinein. »*Puff*«, machte er. »So geht das, wenn du einen Magier erwischst, während er gerade seine Kräfte einsetzt.« Er sah Torian zweifelnd an. »Du hast das wirklich nicht gewußt?«

Torian schüttelte erneut den Kopf. Er hatte sich nie viel um Magier und Zauberer gekümmert. Er mochte sie nicht. Und er fürchtete sie wie jedermann. Vielleicht noch ein bißchen mehr.

Aber Garth' Worte waren die Antwort auf eine Menge Fragen, die er sich in den letzten Monaten gestellt hatte. »Deshalb also schicken die Tremoner ihre Magier niemals in die Schlacht«, murmelte er. Garth nickte. Deshalb also taten sie es nicht – obwohl sie den Krieg gegen Scrooth, das sich vor Generationen mit der Schwarzen Zunft überworfen hatte und keinerlei magische Unterstützung erfuhr, mit Hilfe der Schwarzen Teufel eigentlich innerhalb weniger Tage hätten gewinnen müssen.

»Warum war er bei euch?« fragte er.

»Der Magier?« Garth wiegte den Schädel und zog eine Grimasse. »Keine Ahnung. Wir gemeines Volk sind selten in seine Nähe gekommen, weißt du? Sie schirmen sie ab, als wären sie Königstöchter, die noch keinen Freier gefunden haben. Ich glaube, er sollte von hier aus mit seinen Wachen allein nach Westen weiterziehen. Daß wir auf euch treffen, war nicht geplant. Und vor allem nicht, daß wir auf *dich* treffen.«

Torian lächelte unsicher. »Jeder hat mal Glück.«

»Das hatte mit Glück nichts zu tun«, behauptete Garth. »Ich habe dich beobachtet, aber ich bin mir noch nicht ganz sicher, was es wirklich war – du bist entweder der gefährlichste Bursche, dem ich jemals begegnet bin, oder der größte Narr. Glück haben wir hinterher gehabt«, fügte er hinzu und nahm sein Bündel wieder auf. »Deine kleine Sondervorstellung hätte uns auch gleich zurück nach Tremon befördern können. Kleingehackt in handliche Stücke. Und jetzt komm. In ein paar Stunden wird es hier verdammt heiß.«

Torian warf einen letzten Blick auf den kreisförmigen Fleck verbrannter Erde und geschmolzener Steine, ehe er sich umwandte und Garth folgte. Trotz der Wärme, die bereits wie eine erstickende schwüle Decke über dem Land lastete, fror er plötzlich.

Sie hatten Glück; sogar zweimal. Sie waren kaum aus dem Tal heraus, als sie ein Pferd fanden. Das Tier graste friedlich und zeigte nicht die geringste Spur von Scheu, als Garth sein Gepäck ablud und behutsam zu ihm hinüberging. Sie ritten nicht darauf – das Gewicht von gleich zwei Männern wäre zuviel für das Tier gewesen –, aber sie luden ihr Gepäck auf seinen Sattel, und das Gehen wurde leichter.

Eine Stunde später gelang es Garth, der sich trotz seiner Körperfülle und der Verletzung als ausgezeichneter Reiter erwies, mit Hilfe des Pferdes zwei weitere Tiere einzufangen, so daß sie den weiteren Weg im Sattel zurücklegen konnten und die Entfernung zur Furt von einem halben Tagesmarsch auf kaum zwei Stunden zusammenschmolz.

Aber damit verließ sie ihr Glück auch, und das Schicksal zeigte sich wieder von der Seite, von der Torian es während der letzten Monate kennengelernt hatte – der stacheligen, der, die einen in die Finger biß, wenn man versuchte, sie zu streicheln.

Der Fluß lag träge wie ein Band aus geschmolzenem Silber unter dem Sonnenglast, als sie den Übergang fanden. Er war markiert, wie Garth prophezeit hatte. Zwei mannsgroße Pfähle kennzeichneten die

Breite der Furt, und der Boden war übersät mit den Spuren zahlloser Menschen, die hier Rast gemacht hatten, ehe sie den Fluß überschritten: Abfälle, Teile von Kleidungsstücken, Nahrungsresten – ein Stück abseits lag sogar ein totes Pferd, das bereits in Verwesung übergegangen war und an dem sich die Fliegen gütlich taten.

Und ganz oben auf den beiden angespitzten Pfählen saßen zwei abgeschlagene, menschliche Schädel.

Torian und Garth schwiegen eine ganze Weile, nachdem sie ihre Tiere am Flußufer zum Stehen gebracht hatten. Die Hitze war während der vergangenen Stunden beständig gestiegen, und über der Ebene lag eine unsichtbare Glocke erstickender Glut, die ihre Glieder lähmte und selbst ihr Denken beeinflußte. Der Schrecken, den der furchtbare Anblick hätte auslösen sollen, drang nur gedämpft in Torians Bewußtsein. Er fühlte sich müde, als schlügen die Anstrengungen der vergangenen Tage erst jetzt richtig durch. Aber es war eine Müdigkeit, die mehr ergriffen hatte als nur seinen Körper.

»Das gefällt mir nicht«, murmelte Garth nach einer Weile.

Torian grinste humorlos. »Irgend jemandem gefiel es«, knurrte er. »Sonst hätte er es nicht aufgestellt.« Er deutete mit einer Kopfbewegung auf die beiden ausgebluteten Schädel. »Das waren welche von eurem Haufen«, sagte er. »Sie tragen Tremon-Helme.«

»Ich weiß.« Garth' Stimme klang bedrückt. »Ich... habe einen von ihnen gekannt. Die beiden gehörten zur Nachhut.« Er seufzte. »Es sieht so aus, als hätte jemand etwas gegen Soldaten aus Tremon.«

»Vielleicht hat jemand grundsätzlich etwas dagegen, daß Fremde durch die Staubwüste ziehen«, vermutete Torian. »Das ist eine Warnung, Garth.«

«So?« Garth blinzelte. »Wie kommst du darauf?«

»Hör mit deinen blöden Scherzen auf«, knurrte Torian. »Ihr seid auf dem Herweg hier entlanggezogen?«

»Schnurstracks durch die Staubwüste«, nickte Garth. »Und das Gefährlichste, was uns begegnet ist, war ein Nest von Diamantskorpionen.«

»Ihr wart dreihundert«, entgegnete Torian. »Jemand, der einen Trupp von dreihundert Reitern passieren läßt, muß das gleiche nicht unbedingt mit zweien tun.« Er beschattete die Augen mit der Hand

und drehte sich einmal um seine Achse. »Gibt es einen anderen Weg aus den Bergen heraus?«

Garth verneinte. »Keinen, den wir gehen könnten. Außer dem Paß vielleicht, über den eure Bogenschützen gekommen sind. Weißt du, wo er liegt?«

Torian schüttelte den Kopf, und Garth seufzte erneut. »Damit hat sich das Thema erledigt«, murmelte er. »Wenn wir dem Fluß folgen, haben wir zwar genügend Wasser, aber wir müßten durch die Geistersümpfe.«

»Und im Süden?«

Garth lachte. »Velan und Haydermark. Keine gesunde Gegend für mich.«

Torian starrte ihn übertrieben feindselig an. »Ich beginne zu zweifeln, ob du der richtige Reisegefährte für mich bist, Hand.«

Garth machte ein ordinäres Geräusch, schwang sich in den Sattel und preßte seinem Pferd die Schenkel in die Seite. Das Tier setzte sich gehorsam in Bewegung und trabte in den Fluß hinein. Torian mußte ihm folgen, ob er wollte oder nicht.

Langsam sanken sie tiefer. Das Wasser war eisig, und die Hitze, die die Sonne unbarmherzig vom Himmel sengte, ließ sie die Kälte doppelt schmerzhaft spüren. Nach einer Weile berührten Torians Füße das Wasser, dann stieg es ihm bis zu den Unterschenkeln, schließlich bis zu den Knien. Die Pferde wurden unruhig, aber Torian und Garth trieben sie unbarmherzig weiter. Schließlich ragten nur noch ihre Köpfe über die glitzernden Fluten. Aber unter ihren Hufen war noch immer fester Boden.

Sie brauchten beinahe eine halbe Stunde, um das gegenüberliegende Ufer zu erreichen, und das, obwohl der Fluß an dieser Stelle kaum halb so breit war wie normal. Die Pferde atmeten schwer, als sie sich auf der gegenüberliegenden Seite die Böschung emporarbeiteten, und auch ihre Reiter waren erschöpft und müde. Torian wollte rasten, aber Garth schüttelte entschieden den Kopf und deutete zur Sonne hinauf.

»Es wird gleich verdammt heiß hier«, sagte er. »Wir können nicht bleiben.«

»Glaubst du, in der Wüste wird es kühler?« fragte Torian böse.

»Natürlich nicht. Aber wir finden einen Unterschlupf, kaum eine

Stunde von hier. Eine Ruinenstadt. Rador. Wir haben auf dem Weg hierher dort haltgemacht.«

»Rador...« Torian wiederholte das Wort ein paarmal, aber der Klang verlor nichts von seiner Fremdartigkeit. Er hatte das Gefühl, diesen Namen schon einmal gehört zu haben. Aber er wußte nicht wo.

Schweigend signalisierte er seine Zustimmung, trieb sein Pferd die Uferböschung hinauf, die an dieser Stelle weitaus steiler und karger war als auf der gegenüberliegenden Seite, und lenkte es zwischen das von Garth und das Packtier. Die Furt wurde auch auf dieser Seite von zwei mannshohen, polierten Pfosten markiert. Aber hier fehlte der grausige Schmuck, der die jenseitigen Pfähle gekrönt hatte. Trotzdem konnte Torian ein unangenehmes Gefühl der Bedrohung nicht vollends abschütteln. Jedermann wußte, daß die große Staubwüste gefährlich war, und längst nicht alle, die sich an ihre Durchquerung gemacht hatten, waren zurückgekommen. Vielleicht, überlegte er, waren es nicht allein der Sand und die Hitze, die sie getötet hatten.

Aber vielleicht hatten sich auch nur ein paar Wegelagerer, die in den beiden Spähern des Tremonischen Heeres leichte Beute gefunden hatten, einen makabren Scherz erlaubt.

Er zuckte mit den Achseln, löste den Weinschlauch von seinem Sattelgurt und nahm einen großen Schluck. Der Wein war warm und schmeckte nicht, und er verspürte hinterher beinahe mehr Durst als zuvor.

»Woher kommst du?« fragte Garth plötzlich. Torian antwortete nicht sofort, und der Dieb fuhr fort: »Bisher haben wir nur über mich geredet. Außer deinem Namen weiß ich nichts von dir.«

»Ich auch nicht«, knurrte Torian.

Garth blinzelte, und Torian fuhr in halb ernstem, halb scherzhaftem Ton fort: »Es gibt nicht viel über mich zu erzählen. Ich bin Söldner, seit ich alt genug war, auf einem Pferd zu sitzen und ein Messer zu halten.«

»Und ein verdammt guter dazu«, nickte Garth.

»Woher willst du das wissen?«

»Ich habe dich kämpfen sehen«, erklärte Garth. »Und ich habe mich gefragt, was ein Mann wie du in einem Söldnerheer sucht.«

Torian schnaubte ärgerlich. »Vielleicht seine Ruhe vor dummen Fragen«, sagte er. »Es gibt viele Männer, die gut mit dem Schwert umgehen können, Garth. Und die Angst ist ein hilfreicher Verbündeter. Sie gibt dir Kraft.«

Garth lachte leise, schüttelte den Kopf und schwieg einen Moment, aber nur, um gleich darauf fortzufahren: »Und wo lebst du?«

»Mal hier, mal da«, antwortete Torian ausweichend. Es war nicht die ganze Wahrheit, aber er wollte nicht darüber sprechen; nicht über sich und schon gar nicht über seine Vergangenheit. Es hatte nichts damit zu tun, daß er Garth etwa mißtrauen würde – im Gegenteil. Obwohl er den breitschultrigen Dieb erst seit wenigen Stunden kannte, verstärkte sich seine Sympathie, die er ihm entgegenbrachte, immer mehr, und er hatte das Gefühl, ihn seit Jahren zu kennen, nicht seit Tagesfrist.

Aber er sprach nie über seine Vergangenheit, und er bemühte sich sogar, sie selbst zu vergessen. Er war Torian, der Krieger, und mehr nicht. Der Mann, der er einmal gewesen, war in irgendeiner der zahllosen Schlachten und Scharmützel, an denen er teilgenommen hatte, gestorben. Vielleicht hatte er niemals wirklich gelebt.

»Gut«, gab sich Garth nach einer Weile zufrieden. »Wenn du nicht darüber reden willst, laß es. Jeder hat seine kleinen düsteren Geheimnisse, nicht?« fügte er lachend hinzu.

Torian starrte ihn finster an, und Garth wurde plötzlich wieder ernst. »Wohin gehst du, wenn wir die Wüste hinter uns haben?«

»Vielleicht weiter nach Norden«, murmelte Torian. »Dort ist es kühler. Außerdem fürchte ich, daß dieser verdammte Krieg noch lange nicht vorbei ist. Aber erst einmal müssen wir die Wüste durchqueren, nicht?«

Garth winkte ab. »Das ist kein Problem. Wir warten in Rador die Zeit der größten Hitze ab und reiten in die Nacht hinein. Wir haben Lebensmittel und Wasser zurückgelassen auf dem Weg hierher. In zwei Tagen haben wir die Wüste hinter uns.«

Torian teilte Garth' Optimismus nicht zur Gänze. Aber er widersprach auch nicht, sondern ließ sich ein wenig im Sattel nach vorne sinken, stützte sein Körpergewicht auf dem Hals des Tieres ab und ritt mit halb geschlossenen Augen neben Garth her.

Aus der Ferne hatte die Stadt nicht wie eine solche ausgesehen, nicht einmal wie eine Ruine, sondern eher wie eine zufällig entstandene Verwehung, vielleicht eine Ansammlung von Felsen, die ein launischer Gott hier mitten in die Wüste gesetzt hatte und die im Laufe der Jahrhunderte unter Staub und Sand verschwunden war. Erst als sie näher kamen, wurden aus Felsen zerbröckelte Mauern, aus Sandverwehungen halb eingestürzte, geborstene Häuser und abgebrochene Fundamente von Türmen, aus Wellentälern zwischen Sanddünen gewundene Straßen und aus Erdspalten Kellergewölbe, deren Decken unter dem Druck der Jahrhunderte eingestürzt waren.

Sie ritten langsamer, je mehr sie sich der Ruinenstadt näherten. Der Wind fing sich an den rundgeschliffenen Graten und Winkeln, heulte durch die verlassenen Straßen und sang ein bizarres Lied von Einsamkeit und Tod. Torian schauderte. Er fühlte sich unwohl, mit jedem Moment mehr, und das Gefühl hatte nichts mit der Hitze oder seinen Verletzungen zu tun. Etwas Unsichtbares, Düsteres schien zwischen den Mauern der Stadt zu hängen, eine greifbare Atmosphäre des Bösen, Ablehnenden. Er konnte sie spüren. Er konnte sie sehen in den schwarzen Schlagschatten der Häuser, und er konnte hören, wie sich das Lied des Windes änderte und ihnen eine wortlose Warnung entgegenschrie. Etwas war zwischen ihnen und der Stadt, eine unsichtbare, unhörbare, aber *fühlbare* Mauer aus Feindseligkeit und erstarrter Zeit. Dies war kein Ort für Menschen.

Garth zügelte sein Tier im Schatten der ersten Mauer, fuhr sich mit dem Handrücken über die Augen und sah sich unentschlossen um. Sein Gesicht war rot und schien zu brennen. Er mußte Fieber haben. Obwohl er nicht den geringsten Klagelaut von sich gegeben hatte, wußte Torin, daß seine Brandwunden furchtbar schmerzen mußten.

»Nun?« fragte er. »Wo ist dein Lebensmitteldepot?«

Garth knurrte etwas Unverständliches und sah sich weiter um. Seine Finger spielten nervös am Sattelgurt. »Wir haben genug zu essen mit«, murmelte er nach einer Weile.

»Sicher.« Torian nickte und zog eine Grimasse. *Geht weg*, flüsterte der Wind. Er versuchte, den Gedanken abzuschütteln, aber es gelang ihm nicht vollends. Die Furcht blieb, stumm und irgendwo dicht unter der Oberfläche seines bewußten Denkens verborgen, aber bereit, ihn beim geringsten Zeichen von Schwäche erneut anzuspringen. *Geht weg. Kommt nicht hierher! Diese Stadt ist nichts für euch!* Vielleicht sollten sie wirklich weiterreiten. Die Wüste war mörderisch und groß, aber sie hatten kräftige Pferde und genügend Proviant, um sie schlimmstenfalls auch ohne Rast durchqueren zu können.

»Warum«, fragte er unsicher und in einem Ton, der Garth nicht erkennen ließ, ob seine Worte ernst gemeint oder ein Scherz waren, »reiten wir dann nicht weiter? Die Pferde sind kräftig genug, um bis zum Abend durchzuhalten. Wenn wir hier nichts finden, verlieren wir nur Zeit.«

»Das Lager ist hier«, behauptete Garth gereizt. »Wir waren vor kaum drei Tagen dort. Außerdem gibt es ein zweites Depot, einen halben Tagesritt von hier.«

Torian nickte. »Ich frage mich bloß, ob du die anderen Lager findest – wenn du hier schon Schwierigkeiten hast.«

Garth starrte ihn zornig an. »Ich finde sie schon«, schnappte er. »Aber als wir das letzte Mal hier waren, sah alles ganz anders aus. Dieser verdammte Sand.«

Er sprach nicht weiter, sondern blickte sich erneut um. In seinen Augen lag eine Mischung aus Verzweiflung und Zorn, und seine Hände zerrten so fest an den ledernen Sattelriemen, als wolle er sie zerreißen. Torian schluckte die bissige Bemerkung, die ihm auf der Zunge lag, hinunter. Garth war am Ende seiner Kräfte, sowohl physisch als auch psychisch. Es waren nur wenige Tage, daß er hiergewesen war, aber hier, inmitten der Wüste, konnten schon wenige Stunden ausreichen, das Aussehen der Landschaft vollkommen zu verändern. Der staubfeine, hellgelbe Sand tanzte ununterbrochen im Spiel des Windes, und jede auch nur etwas heftigere Bö mußte das Gesicht der Stadt neu formen. Die Staubwüste war berüchtigt für ihren feinen Sand. Manchmal war er so dünnflüssig wie Wasser. Es konnte gut sein, daß dort, wo vor zwei Tagen noch Durchgänge und Tore gewesen waren, sich jetzt eine undurchdringliche Sandmauer aufgetürmt hatte, oder umgekehrt.

Dieser Turm dort hinten.« Garth wies mit einer Kopfbewegung auf einen sechseckigen, aus graubraunem Sandstein errichteten Turm, dessen abgebrochene Spitze sieben oder acht Manneslängen über den Wüstensand hinausragte. Wenn seine Größe in dem allgemein gebräuchlichen Verhältnis zum Durchmesser gestanden hatte, mußte es einst ein gewaltiges Bauwerk gewesen sein, dachte Torian. Längliche, nach unten schmaler werdende Schießscharten waren an seinen Wänden zu sehen, da und dort ausgebrochen, so daß schwarze, gezackte Löcher wie Wunden in dem grauen Bruchstein gähnten, und an einigen von ihnen waren noch die verrosteten Überreste ehemaliger Gitter zu erkennen. Die Festung mußte sehr alt sein. »Ich erinnere mich jetzt«, murmelte Garth. »Wir haben in seinem Inneren gelagert. Der Kommandant hatte Wachen oben auf der Plattform aufgestellt.«

»Dann wollen wir hoffen, daß sie nicht noch immer dort stehen«, knurrte Torian. Er ließ sein Pferd weitertraben, lenkte das Tier behutsam um den Mauervorsprung herum und näherte sich der Turmruine.

Garth folgte ihm, wenn auch in großem Abstand und so langsam, daß Torian sein Tier noch mehr zurückhalten mußte, bis der Dieb aufgeholt hatte. Garth' Kräfte ließen jetzt rapide nach, und auch Torian spürte eine neue Welle von Müdigkeit durch seine Glieder strömen. Die Stadt verhieß Schatten und vielleicht einige Stunden der Ruhe, aber anders als sonst mobilisierte der Anblick nicht noch einmal die letzten Kräfte, sondern schien sie im Gegenteil noch zu lähmen. Selbst die Schritte der Pferde wurden mühsamer.

Es war nicht leicht, die halb zugewehten Straßen und Gassen Radors zu durchqueren; die Pferde sanken mehr als einmal bis über die Fesseln in staubfeinen Sand ein oder stolperten über Hindernisse, die unter der trügerischen braungelben Decke lauerten, und scheinbar massiver Fels erwies sich nur zu oft als papierdünne Schicht – ein Dach, eine Zwischendecke oder Plattform –, die während eines Jahrtausends vom Wind geduldig glattgeschmirgelt worden war, die bei der geringsten Belastung zusammenbrach und sich zu einer klaffenden, tödlichen Höhle öffnete. Immer wieder mußten sie Umwege machen oder auf ihrer eigenen Spur zurückreiten, um einen anderen Weg durch das Labyrinth aus Sand und zerfallenen Wänden zu suchen.

Torian hatte Angst.

Er gab es nicht zu, nicht einmal sich selbst gegenüber, aber er wußte sehr wohl, daß das unruhige Gefühl in seinem Inneren nichts anderes war als Angst, eine Furcht, die auf unheimliche Weise in den Wänden und Türmen Radors zu lasten schien und jetzt auf unsichtbaren Spinnenfüßen in seine Seele kroch.

Er verstand nicht, warum das so war. Rador war nicht die erste Ruinenstadt, in die er kam; beileibe nicht. Die Zahl der bewohnten und verlassenen Städte in diesem Teil des Caracons hielt sich fast die Waage. Tremon, Scrooth und selbst ein Teil der Freien Städte waren auf den Ruinen eines anderen, längst vergangenen Reiches errichtet worden, eines Reiches, über dessen Bewohner und ihre Sitten so gut wie nichts mehr bekannt war. Es waren Menschen gewesen, und sie mußten furchtbare Kriege gegeneinander geführt haben, vielleicht auch nur einen einzigen, einen über Jahrhunderte andauernden Krieg, in dem sie schließlich ausgeblutet waren, bis ihre Kraft nicht einmal mehr reichte, ihr Volk am Leben zu erhalten. Doch damit erschöpfte sich das Wissen über die alte Rasse bereits. Ihre Geschichte hatte geendet, tausend Jahre, bevor die der heutigen Bewohner Caracons begonnen hatte. Aber ihre Spuren waren noch überall.

Und trotzdem war diese Stadt irgendwie anders. Es war nicht ihre Architektur – Torian hatte die auf bizarre Weise ineinandergewundenen Spitzbögen, die asymmetrischen Fenster und die eine Spur zu niedrigen Türen schon hundertmal gesehen. Rador war eine Festung der Alten, eine von zahllosen Ruinen, wie sie überall in den Wüsten und auf den großen Staubebenen zu finden waren. Und doch...

Hinter den Eingängen, deren Türen schon vor tausend oder mehr Jahren zu Staub zerfallen waren, hinter glaslosen Fenstern, die wie blind gewordene Augen auf die beiden einsamen Reiter herabstarrten, und in Winkeln, in denen sich der Staub von Jahrtausenden angesammelt hatte, schien etwas Unsichtbares und Böses zu lauern. Schatten, die keine Schatten waren. Das Rascheln von Sand, das sich anhörte wie behutsame Schritte, das Klirren von verrostetem Eisen, das klang wie das Geräusch von Waffen, die vorsichtig aus ihren Scheiden gezogen wurden, das Wispern des Windes, der noch immer sein stummes *Geht weg! Geht weg! Geht weg!* flüsterte.

»Nervös?« fragte Garth.

Torian sah auf. Garth hatte den Schwächeanfall überwunden; vielleicht tat er auch nur so. In den Augen des Diebes war ein spöttisches Glitzern zu erkennen, aber es war nicht echt; auch Garth spürte den Atem des Fremden und Bösen, der über der Stadt lag, und er war, tief in seinem Inneren, genauso nervös wie Torian.

»Wie kommst du darauf?« fragte Torian, eine Spur zu grob, um Garth über seine wirklichen Gefühle hinwegtäuschen zu können. »Es ist nur ein Haufen alter Steine, oder?«

Garth lachte leise, richtete sich ein wenig im Sattel auf und blinzelte aus zusammengekniffenen Augen zur Sonne empor. »Das ist Radors Fluch«, sagte er ernsthaft. »Die Stadt ist nicht für die Lebenden.« So, wie er die Worte aussprach, hörten sie sich an, als wäre er wirklich davon überzeugt. »Man behauptet, daß nach Dunkelwerden die Geister der Alten in ihren Straßen umgehen und alle töten, die ihren Fuß in die Stadt setzen.«

»Ach?« machte Torian. »Und du –«

»Ich habe nicht vor, so lange hierzubleiben«, fiel ihm Garth ins Wort. »Wir warten die Mittagshitze ab, essen und trinken und reiten weiter, wenn die Pferde sich ein wenig ausgeruht haben. Tagsüber ist es ungefährlich.«

»Du verstehst dich auf Geistergeschichten, wie?« fragte Torian. Er versuchte zu lachen, um seine Nervosität zu überspielen, aber es mißlang. *Geht weg!* flüsterte der Wind.

Garth schüttelte den Kopf. »Ich nicht. Aber der Magier, der uns begleitet hat. Ich wiederhole nur seine Worte. Wir haben hier übernachtet, aber erst nachdem er einen Bannspruch um diesen Turm gelegt hat. Dummerweise«, fügte er hinzu, »haben wir keinen Magier dabei. Deshalb wäre es besser, wir würden verschwinden, ehe die Nacht hereinbricht.«

Torian sah den hünenhaften Dieb nachdenklich an. »Vielleicht wäre es besser, wenn wir erst gar nicht hierblieben«, murmelte er. »Diese Stadt gefällt mir nicht, Garth.«

Garth nickte. »Mir auch nicht. Aber in einer Stunde wird es so heiß, daß die Pferde unter unserem Gewicht zusammenbrechen. Wir müssen hierbleiben, ob wir wollen oder nicht – wenigstens für eine Weile.«

Er lächelte aufmunternd. »Nur keine Angst, Torian. Ich bin ja bei dir.« Aber seine Augen blieben ernst, und als Torian ihn scharf ansah, bemerkte er, daß seine Hände zitterten.

Torian nickte. Garth' Worte wären im Grunde überflüssig gewesen. Er selbst spürte jeden einzelnen Schritt, den das Pferd auf dem Weg hierher gemacht hatte, und seine Augen brannten so heftig, daß er kaum noch richtig sehen konnte. Der Wind hechelte weiter seine stumme Drohung, und Rador saugte die Kraft aus ihren Leibern. Und selbst wenn es nicht so gewesen wäre, hätten sie nicht weiter gekonnt. Sein Gedanke, den Tag durchzureiten, war nicht mehr als ein Wunsch gewesen, ein unerfüllbarer Wunsch. In längstens einer Stunde war es draußen in der Wüste so heiß, daß ihr Blut zu kochen anfangen würde.

Langsam ritten sie weiter. Die Hitze nahm ein wenig ab, als sie tiefer in die Stadt eindrangen und der unmittelbaren Sonneneinstrahlung entgingen, aber dafür schlug ihnen eine Welle schwüler, stickig heißer Luft entgegen, die beinahe noch schlimmer war. Ihr Packpferd stolperte, versuchte mit einem ungeschickten Schritt sein Gleichgewicht wiederzufinden und brach mit einem schrillen Aufwiehern in den Vorderläufen zusammen, als der Sand unter seinen Hufen nachgab.

Torian sprang mit einem Fluch aus dem Sattel, griff nach den Zügeln und versuchte das bockende Tier zu beruhigen. Es gelang ihm, aber das Pferd blieb weiter unruhig und zog verängstigt den Kopf zurück, als er seine Nüstern streicheln wollte. An seinem rechten Vorderlauf war ein halbmeterlanger, blutiger Kratzer.

Torian fluchte erneut und wesentlich ungehemmter als zuvor, kniete im warmen Sand nieder und tastete behutsam mit den Fingerspitzen über das Bein. Das Tier ließ es geschehen, zuckte aber schmerzhaft zusammen, als er die Wunde berührte.

»Schlimm?« fragte Garth.

»Schlimm genug«, antwortete Torian. Er stand auf, musterte das Pferd mit einem langen, besorgten Blick und schüttelte in einer Mischung aus Zorn und Resignation den Kopf.

»Was heißt das?« hakte Garth ungeduldig nach. »Ist das Bein gebrochen?«

»Nein. Aber es wird die Packtaschen nicht mehr tragen können. Vergiß die Lebensmittel, die es trägt.«

Garth hob zornig die Faust, ließ sie aber dann mit einem lautlosen Achselzucken wieder sinken. Es hatte keinen Zweck, sich gegen das Schicksal aufzulehnen. Sie würden die Lebensmittel – und wohl auch einen großen Teil des Wassers – zurücklassen müssen, ob sie wollten oder nicht. Die beiden anderen Pferde würden mit Mühe und Not das Gewicht ihrer Reiter durch die Wüste schleppen können, und vielleicht nicht einmal das.

»Ich hoffe, dein Lager ist wirklich hier«, murmelte Torian. Garth runzelte die Stirn, aber Torian wartete seine Antwort nicht ab, sondern begann schweigend die Sattelgurte zu lösen und die Packtaschen vom Rücken des Pferdes zu heben. Garth sah ihm einen Herzschlag lang wortlos dabei zu, ehe er sich ebenfalls aus dem Sattel schwang und ihm half. Das Tier wieherte erleichtert, als der Druck der vollbeladenen Packtaschen von ihm genommen wurde, tänzelte aber weiter nervös auf der Stelle. Torian musterte es besorgt. Die Wunde war schlimmer, als er im ersten Moment geglaubt hatte. Wahrscheinlich würde sie sich entzünden, ehe der Abend kam, und wahrscheinlich würden sie es töten müssen.

Sie verteilten die Packtaschen auf die Rücken ihrer Reittiere, nahmen dem verletzten Pferd auch noch Sattel und Zaumzeug ab und warfen beides achtlos in den Sand.

»Ich glaube, ich ziehe doch nicht mit dir zusammen weiter«, murrte Garth. »Sobald wir die Wüste hinter uns haben, trennen wir uns. Du bringst Unglück.«

Torian verzichtete auf eine Antwort. Sie waren beide zu müde, um noch vernünftig miteinander reden zu können, und es würde nur in Streit enden, wenn er jetzt etwas sagte. Statt dessen beugte er sich noch einmal zu dem verletzten Bein des Pferdes hinab, griff behutsam nach seiner Fessel und begutachtete die Wunde ein drittes Mal.

»Was ist?« fragte Garth. »Versuchst du es jetzt mit Handauflegen?«

Torian winkte unwillig ab. »Das ist ein Schnitt«, stellte er fest.

Garth zuckte mit den Achseln. »Und?«

Torian sah zu ihm auf, biß sich nachdenklich auf die Unterlippe und starrte wieder die Wunde an. Sie blutete nicht mehr, aber der allgegenwärtige gelbe Sand begann sich bereits an ihren Rändern festzusetzen.

»Ich frage mich, was sie verursacht haben kann«, sagte er.

Garth antwortete nicht, sondern zog nur ein fragendes Gesicht. Torian stand auf, und begann mit den Händen im Sand zu graben.

Dicht unter der Oberfläche des Sandes lag etwas Schweres, Hartes verborgen. Torian ließ sich vollends auf die Knie sinken, vergrub auch die andere Hand im Staub und zog seinen Fund mit einem entschlossenen Ruck aus dem Sand.

Es war ein Schwert. Seine Klinge war zerschrammt und dick mit Sand und eingetrocknetem Schmutz verkrustet, aber als er mit dem Daumen über die Schneide fuhr, kam blitzendes Metall zum Vorschein, und er spürte, wie scharf die Waffe war.

»Was hast du da?« fragte Garth neugierig.

Torian hielt ihm wortlos die Klinge entgegen. Garth runzelte die Stirn, griff danach und wischte sie mit einem Zipfel seines Umhanges sauber.

»Die Waffe ist fast neu«, meinte er verwirrt.

Torian nickte. »Sie kann noch nicht lange hier liegen«, bestätigte er. »Eine von euch?«

Garth überlegte einen Moment, schüttelte dann den Kopf und gab ihm das Schwert zurück. »Kaum«, versetzte er. »Ein Krieger verliert seine Waffe nicht. Und schon gar nicht ein solches Prachtschwert. Auf dem schwarzen Markt in Tremon ist das Ding ein Vermögen wert.«

Torian legte das Schwert neben sich in den Sand und begann, mit beiden Händen zu graben.

Er brauchte nicht lange zu suchen. Das Schwert hatte nur wenige Zentimeter tief gelegen, vielleicht erst seit wenigen Stunden vom Wind zugedeckt.

Und sein Besitzer lag weniger als einen Schritt von ihm entfernt.

Torian war nicht einmal besonders überrascht, als er den Toten fand. Der Mann lag auf dem Rücken, die Beine angewinkelt und die linke Hand wie ein Kopfkissen unter dem Hinterkopf, als hätte er sich nur zu einem kurzen Schlaf ausgestreckt. Jemand hatte ihm die Kehle durchgeschnitten.

»Bei allen Göttern!« murmelte Garth ungläubig. »Wer ist das?«

Torian zuckte kaum merklich mit den Achseln. Der Mann war noch nicht lange tot; einen Tag, vielleicht zwei, auf keinen Fall mehr. Seine Augen standen weit offen und waren mit einem dünnen Film staubfeinen gelben Sandes überpudert, und auf seinem Gesicht stand ein erstarrter Ausdruck des Grauens. Er mußte kurz vor seinem Tod einen Schrecken durchlebt haben, der sich jeder Vorstellung entzog. Torian schauderte. Er hatte geglaubt, daß ihn der Anblick eines Toten nicht mehr treffen könnte. Aber das stimmte nicht. Das stimmte ganz und gar nicht.

»Das ist... keiner von eurem Haufen?« fragte er stockend.

Garth schüttelte den Kopf. »Nein. Ich... habe den Mann noch nie gesehen. Seine Kleidung. Sieh dir seine Kleidung an.«

Torian riß seinen Blick gewaltsam vom Gesicht des Toten los. Die Kleidung des Mannes war verschmutzt und voll dunkler, an eingetrocknetes Blut erinnernder Flecken. Sein Hosenbein war zerrissen; darunter war ein tiefer, kaum verkrusteter Schnitt zu sehen, der sich vom Oberschenkel bis zum Fuß hinabzog. Aber trotzdem war noch deutlich zu erkennen, daß seine Kleidung sehr teuer gewesen sein mußte.

»Ein Edelmann«, murmelte er. »Vielleicht auch ein reicher Händler, der den Weg durch die Wüste abkürzen wollte.«

Garth sah ihn unsicher an, schwieg aber. Seine Mundwinkel zuckten.

»Wer... mag ihn getötet haben?« fragte er nach einer Weile.

Torians Blick glitt wieder zu der durchschnittenen Kehle des Mannes. Die Wunde war sehr tief; eher ein Riß als ein sauberer Schnitt. Keine Wunde, wie sie ein Schwert oder ein Dolch verursachen würden.

»Vielleicht war er dumm genug, hier übernachten zu wollen«, vermutete er leise. »Vielleicht haben ihn deine Geister erwischt, Garth.«

Garth starrte ihn an. Seine Lippen zitterten. »Das ist nicht komisch, Torian«, murmelte er. »Jemand hat diesen Mann ermordet, und es ist noch nicht lange her. Vielleicht ist er noch in der Nähe.«

Torian sah unwillkürlich auf, aber die Stadt war verlassen und still wie zuvor. Trotzdem bildete er sich für einen Moment ein, hastige Schritte und ein schnelles Huschen zu hören.

Aber es war nur der Wind.

Mit einem Ruck stand er auf und blickte zur Turmruine hinüber. Sie waren nicht mehr sehr weit entfernt. »Komm«, forderte er Garth auf. »Wir müssen weiter.«

Garth blickte unsicher auf den Toten hinab. »Wollen wir ihn nicht... begraben?« fragte er.

»Begraben?« Torian schüttelte den Kopf. »Das erledigt der Wind für uns, Garth.«

Er ging los, ohne auf Garth zu warten. Das Heulen des Windes wurde zu einem meckernden Hohngelächter in seinen Ohren, während er sich der Ruine des Turmes näherte.

Von außen betrachtet, war der Turm ein Monument gewesen, ein Monstrum aus Stein und erstarrter Zeit, selbst jetzt, wo er zum größten Teil zerstört und sein Fels selbst zu einem Teil der Wüste geworden war, noch gigantisch. In seinem Inneren war er ein Grab.

Sie hatten die Pferde im Schutze eines halb eingestürzten zweistökkigen Gebäudes wenige Schritte abseits abgestellt, ihnen die Sättel abgenommen und ihnen einen Großteil ihres verbliebenen Wassers gegeben. Torian hatte kein gutes Gefühl dabei gehabt. Auch wenn der Fluß nur wenige Stunden entfernt war, waren sie doch mitten in der Wüste, und ihr Weg würde sie noch tiefer in sie hineinführen. Vielleicht würden sie jeden Schluck, den sie jetzt an die Tiere verschwendeten, schmerzlich vermissen. Aber sie waren auch auf die Pferde angewiesen. Wenn eines der Tiere starb, bevor sie die Wüste durchquert hatten, dann war das auch das Todesurteil für seinen Reiter.

Der Zugang zum Turm war wie alle Türen der Alten ein wenig zu niedrig für einen normal gewachsenen Mann, und er war zudem halb mit Sand zugeweht, so daß sie mehr hindurchkrochen als -gingen. Der Wind hatte den Sand ein Stück weit in den Turm hineingetragen, und die Luft war so trocken, daß Torian nur mit Mühe ein Husten unterdrücken konnte. Selbst hier drinnen war es noch unangenehm warm, aber die Ruine versprach wenigstens Schutz vor dem Sand und der unmittelbaren Glut der Sonne.

Hinter dem halb zugewehten Eingang befand sich ein kurzer Gang, der so niedrig war, daß selbst Torian leicht vornübergebeugt gehen mußte, um nicht mit dem Helm am rauhen Stein der Decke entlangzuschrammen. Nach der grellen Helligkeit der Wüste erschien im das Dämmerlicht hier drinnen dunkel wie die Nacht.

Torian blieb stehen, nur soweit aufrecht, wie es die niedrige Decke zuließ, und rieb sich mit Daumen und Zeigefinger über die Augen. Der Sand, der selbst unter seine Lider gekrochen war, schmerzte höllisch, aber als die farbigen Kreise vor seinen Augen verschwanden, konnte er wieder sehen.

Garth war dicht hinter ihm in den Gang gekrochen und richtete sich beinahe schnaubend auf. Seine breitschultrige Gestalt füllte den Gang fast zur Gänze aus, und das grelle Licht, das hinter ihm durch die Tür fiel, ließ sie zu einem flachen, tiefenlosen Schatten werden.

Neugierig sah sich Torian um. Der Gang war kahl; Wände, Fußboden und Decke bestanden aus dem gleichen braungrauen Fels, aus dem auch seine Außenmauern errichtet waren, und unmittelbar unter der Decke war eine regelmäßige Linie rechteckiger Aussparungen zu sehen; Löcher, in denen vielleicht früher einmal Balken gewesen waren. In den Wänden befanden sich ovale, mit Metall verstärkte Vertiefungen, über denen der Stein schwarz war: die Halterungen von Fackeln, die hier einmal gebrannt hatten, und selbst im unsicheren Dämmerlicht waren die Spuren früher Bemalungen zu erkennen. Torian vermochte nicht zu sagen, was sie dargestellt hatten. Die Farben waren verblaßt und verschmolzen mit der natürlichen Maserung des Steines. Aber er wollte es auch gar nicht wissen. Das Gefühl der Unruhe in ihm hatte sich nicht gelegt; im Gegenteil. Er kam sich vor wie in einer Falle. Aber vielleicht war es auch nur die Hitze und die Enge des Raumes, die ihn nervös machten. Er hatte kleine Räume niemals gemocht. Wortlos wartete er, bis Garth an seine Seite getreten war, wandte sich um und ging weiter.

Dem Gang folgte eine kurze, steil in die Höhe führende Treppe, die zu einem gewaltigen, sechseckigen Raum führte, drei Mannslängen hoch und erfüllt von dämmerigem Zwielicht. Er mußte sich fast über die gesamte Grundfläche des Turmes erstrecken, und durch die Fen-

ster, von denen es – mit Ausnahme der Seite, an der sie standen – in jeder Wand zwei gab, fiel flirrender Sonnenschein herein. Aber irgend etwas war mit diesem Licht nicht so, wie es sein sollte, dachte Torian unsicher. Es schien gleich hinter den Fenstern an Leuchtkraft zu verlieren, als würde es aufgesaugt. Das Jahrtausend der Finsternis, das hier geherrscht hatte, verschlang es wie der Staub der Wüste die Wassertropfen.

»Was ist das hier?« flüsterte Torian. Unwillkürlich hatte er die Stimme gesenkt, fast als fürchte er, durch zu lautes Reden die Geister der Vergangenheit zu wecken.

»Keine Ahnung«, murmelte Garth. »Wir haben hier gelagert. Wozu dieser Raum gedient hat, weiß ich so wenig wie du.«

Torian sah sich mit gemischten Gefühlen um. Seine Augen begannen sich langsam besser an das graue Zwielicht zu gewöhnen, und er erkannte mehr Einzelheiten. Auf dem Boden lag Staub, aber längst nicht so viel, wie er erwartet hatte, und die Spuren der dreimal hundert Mann, die vor wenigen Tagen hier gelagert hatten, waren überall zu sehen. Es roch nach Sand und heißem Stein, aber auch ganz leicht nach Fäkalien und Schweiß. Der Raum gefiel ihm nicht, so wenig wie die Ruine und diese ganze verfluchte Stadt. Aber es war kühl hier drinnen, und die Mauern gaben ihnen Schutz vor dem allgegenwärtigen Sand, der sich draußen in ihren Haaren und Kleidern festgesetzt hatte und ihre Haut wundrieb.

Zögernd trat er einen Schritt in den Raum hinein, blieb erneut stehen und sah sich aufmerksam um. Garth hatte die Wahrheit gesagt. Die Männer aus Tremon hatten hier gelagert. Überall entdeckte er Abfälle, auch Teile von Kleidern und Waffen, die die Krieger vergessen oder für unbrauchbar gehalten und zurückgelassen hatten. Nur von den versprochenen Nahrungsmitteln war keine Spur zu sehen.

Er stellte eine entsprechende Frage. Garth sah sich einen Herzschlag lang suchend um, deutete dann auf die gegenüberliegende Seite des Raumes und eilte mit weit ausgreifenden Schritten los.

Zwischen Staub und Abfällen standen drei große, mit wuchtigen eisernen Beschlägen versehene Kisten. Auf ihren Deckeln prangte das Siegel von Tremon, ein Adler, der sich mit weit ausgebreiteten Schwingen auf eine nicht genau erkennbare Beute stürzte. Garth gab einen fast erleichtert klingenden Laut von sich, trat dicht an eine der Kisten heran und versuchte, den Deckel zu öffnen.

Es gelang ihm nicht. Er konnte nur eine Hand benutzen, und seine verletzte Schulter hinderte ihn daran, seine gewaltige Kraft zum Einsatz zu bringen. Sein Gesicht verzerrte sich vor Anstrengung, aber der Kistendeckel rührte sich nicht um einen Fingerbreit.

»Warte«, rief ihm Torian rasch zu. »Ich helfe dir.« Er trat neben Garth, ergriff einen der schweren eisernen Ringe, von denen es zwei an jeder Seite des Deckels gab, und zerrte mit aller Macht daran.

Der Deckel öffnete sich ein Stück weit und kam knarrend zum Stehen. Garth runzelte unwillig die Stirn, spreizte die Beine und wollte es erneut versuchen, aber Torian hielt ihn mit einer raschen Handbewegung zurück. Langsam umrundete er die Kiste und beugte sich zu den Scharnieren herab. »Wie ich es mir dachte«, murmelte er. »Sie sind verrostet. Wir brauchen etwas, womit wir sie aufbrechen können.«

Garth sah sich unentschlossen um, ging ein paar Schritte in den Raum hinein und kam mit einer armlangen, verbogenen Eisenstange zurück. Torian nahm sie schweigend entgegen, rammte ihr Ende unter eines der verrosteten Scharniere und spannte die Muskeln. Das Eisen ächzte hörbar, und für einen Moment sah es so aus, als würde die Kiste auch diesem Angriff standhalten. Dann zersprang das Scharnier mit einem peitschenden Knall; der Kistendeckel knirschte, rutschte zur Seite und fiel polternd zu Boden.

Torian wankte mit einem unterdrückten Keuchen zurück. Aus der Kiste drang ein wahrhaft atemberaubender Schwall süßlichen Fäulnisgeruches, gefolgt von einer Wolke summender, daumennagelgroßer Aasfliegen. Etwas Schwarzes, Häßliches mit zu vielen Beinen und einem schleimigen Saugrüssel huschte davon und verschwand quiekend in den Schatten.

Torian beugte sich über die Kiste, starrte einen Moment auf ihren Inhalt und hielt sich demonstrativ die Nase zu.

»Ich glaube, ich habe doch auf der richtigen Seite unterschrieben«, stellte er naserümpfend fest. »Die Verpflegung der tremonischen Heere läßt zu wünschen übrig – vorsichtig ausgedrückt.«

Garth blickte mit ungläubig aufgerissenen Augen in die geöffnete Kiste hinab. Es war nicht mehr genau zu erkennen, was sie einmal enthalten haben mochte. Ihr Boden war bis zur halben Höhe der Wände mit einer schleimigen, braungelbschwarzgrün schillernden, übelriechenden Masse gefüllt.

»Das ist... das ist doch nicht möglich«, ächzte Garth.

»Daß ihr so was gegessen habt?« Torian zuckte mit den Achseln. »Vielleicht sind die Tremoner deshalb so schlechte Krieger.«

»Aber ich habe selbst mitgeholfen, die Kisten zu füllen!« keuchte Garth, Torians schwachen Versuch, einen Scherz zu machen, ignorierend. »Es war... Pökelfleisch darin und Brot und... Schinken und Käse.«

Torian sah ihn scharf an. »Du machst keine Scherze mit mir, nein?« fragte er.

»Danach ist mir im Moment wirklich nicht zumute.« Garth sah auf und blickte sich rasch und fast gehetzt um.

Irgend etwas war nicht richtig, dachte Torian. Es waren nicht allein die verdorbenen Lebensmittel, nicht nur das Licht, das so seltsam falsch war. Sie waren allein, und doch hatte er das Gefühl, belauert zu werden. Der Raum war so leer, wie sie ihn vorgefunden hatten, und doch schien außer ihnen noch etwas hier zu sein. Etwas Fremdes und Feindseliges, etwas, das in den Schatten lauerte und immer verschwand, wenn man es genauer ansehen wollte. Es war ein unheimliches Gefühl. Furcht, sicher, aber eine Art von Furcht, die ihm fremd war und die ihm vielleicht gerade deshalb besonders zusetze. Was hatte Garth gesagt, als sie die Stadt betraten? *Radors Fluch?* Torian begann zu ahnen, daß es mehr als nur eine Legende war.

»Ich verstehe das nicht«, murmelte Garth verstört. »Die Lebensmittel müßten sich Jahre halten, so trocken, wie es hier ist. Ich...« Er stockte, fuhr sich mit einer raschen, nervösen Geste über Kinn und Mund und sah Torian unsicher an. »Das ist Zauberei«, flüsterte er heiser.

Torian schwieg einen Moment. »Laß uns die anderen Kisten überprüfen«, schlug er vor. »Vielleicht sind die Lebensmittel einfach nur verdorben. Komm!« Ohne Garth' Antwort abzuwarten, nahm er die Eisenstange auf, ging zu einer der anderen Kisten und zerbrach die Scharniere, wie er es bei der ersten getan hatte. Der Deckel zitterte und rutschte ein kleines Stück zur Seite. Eine handgroße schwarze

Spinne krabbelte aus der Öffnung. Torian fluchte, erschlug sie mit der Stange und schleuderte den zerschmetterten Kadaver angewidert davon. Er verzichtete darauf, die Kiste näher zu untersuchen, ging statt dessen zu den beiden anderen und brach sie kurz hintereinander auf.

Das Ergebnis war überall das gleiche.

»Irgend jemand scheint etwas dagegen zu haben, daß das Heer zurück nach Tremon kommt«, murmelte er. »Wenn wir in den anderen Lebensmittellagern nichts finden, sitzen wir ganz schön in der Patsche, Garth.«

Garth schien seine Worte gar nicht gehört zu haben. »Das ist Zauberei«, murmelte er erneut. »Dörrfleisch verfault nicht in drei Tagen. Laß uns verschwinden, Torian.«

»Verschwinden?« Torian schüttelte den Kopf und sah Garth verwirrt an. »Hast du mir nicht gerade noch lang und breit erklärt, daß wir die Wüste nicht am Tage durchqueren können?«

Garth machte eine ungeduldige Handbewegung. »Dann reiten wir eben zurück zum Fluß«, riet er. »Wir können noch immer das Gebirge überschreiten und nach Velan gehen.«

»Ich denke, sie haben dort einen Preis auf deinen Kopf gesetzt?«

»Vor Kopfgeldjägern kann man davonlaufen«, erwiderte Garth nervös. »Vor Geistern nicht.«

Torian wollte widersprechen, aber irgend etwas hinderte ihn daran. Der Saal schien plötzlich von flüsternden Stimmen und unsichtbarer, huschender Bewegung erfüllt, und Torian *wußte* einfach, daß Garth' Nervosität nicht von ungefähr kam.

Trotzdem schüttelte er den Kopf. »Unsinn«, sagte er. Der Klang seiner Stimme schien Garth nicht zu überzeugen. Vielleicht hatte er die Worte auch gar nicht gehört.

»Unsinn«, wiederholte er noch einmal. »Es gibt keine Geister, Garth. Weder hier noch anderswo.«

»Und der Tote?« erwiderte Garth hastig. »Und die erschlagenen Späher, die wir am Fluß gefunden haben? Die –«

»Dafür gibt es tausend Erklärungen«, unterbrach ihn Torian. »Wahrscheinlich waren es Räuber. Vielleicht auch ein paar Bauern, denen es nicht paßt, wenn die Söldnerheere ihre Höfe plündern und ihre Frauen vergewaltigen.« Aber das stimmte nicht. Die Worte dienten einzig dem Zweck, ihn selbst zu beruhigen und die immer stärker werdende Furcht in seinem Inneren zu bekämpfen, und Garth spürte es so deutlich wie er. Diese Stadt war alles andere als verlassen. Und er war nicht sehr versessen darauf, ihre Bewohner kennenzulernen.

»Laß uns wenigstens warten, bis die größte Mittagshitze vorüber ist. Die Pferde halten den Weg zurück zum Fluß nicht durch, ohne eine Pause.«

Garth ballte die Fäuste, atmete hörbar ein und starrte ihn sekundenlang aus weit aufgerissenen Augen an. »Du... hast wahrscheinlich recht«, gab er, mühsam beherrscht, zu. »Aber dann laß uns wenigstens von hier verschwinden. Dieser Turm ist mir unheimlich, Torian. Es gibt genügend andere Häuser, in denen wir Schatten finden.«

Torian nickte. »Gut«, stimmte er zu. »Dann komm.« Er schleuderte die Eisenstange davon, warf einen letzten, angewiderten Blick auf den fauligen Inhalt der Lebensmittelkisten und ging neben Garth auf die Treppe zu, die ins Freie führte. Der Sand knirschte unter ihren Füßen, und durch die Fenster fauchte plötzlich Wind herein und trieb den Fäulnisgestank hinter ihnen her. *Geht!* flüsterte der Wind. *Geht weg von hier!*

Torian lief schneller, erreichte die Treppe dicht vor Garth und hetzte, immer zwei Stufen auf einmal nehmend, in den Gang hinunter.

Als er die letzte Stufe erreicht hatte, blieb er stehen; so abrupt, daß Garth die Bewegung nicht mehr rechtzeitig genug registrierte und von hinten gegen ihn prallte.

»Was –« schrie er fast, verstummte aber sofort, als sein Blick an Torians ausgestrecktem Arm nach vorne auf den Ausgang fiel.

Oder dorthin, wo er eigentlich sein sollte.

Denn dort, wo vor wenigen Minuten noch die Reste eines einst kunstvoll bemalten Türsturzes gewesen waren, verwehrte ihnen jetzt eine massive Wand den Weg.

Aber das ist doch nicht möglich!« keuchte Garth. »Das gibt es doch nicht. Bei allen Dämonen der Finsternis, das –« Er stockte, starrte abwechselnd Torian und die massive graue Wand vor ihnen an und schüttelte immer wieder den Kopf. »Das ist doch nicht möglich!« Er ging an Torian vorbei, blieb vor der Mauer stehen und tastete mit den Fingerspitzen über den rauhen Stein. »Wir... müssen uns verirrt haben«, murmelte er. »Wir müssen die falsche Treppe genommen haben, Torian!«

Torian nickte. Garth wußte so gut wie er, daß sie sich *nicht* geirrt hatten. Es gab nur einen einzigen Ausgang aus dem Saal, und es gab auch nur eine einzige Treppe, nämlich die, welche sie genommen hatten. Trotzdem widersprach er nicht, als Garth mit einer abrupten Bewegung herumfuhr und an ihm vorbei die Treppe hinaufstürmte.

»Schnell! Ich will hier raus, ehe ich vollends den Verstand verliere! Lieber lasse ich mir von der Sonne das Gehirn herausbrennen, ehe ich auch nur noch eine Stunde in dieser Stadt bleibe!«

Torian schluckte die Antwort, die ihm auf der Zunge lag, herunter, hastete hinter Garth die Treppe hinauf und blieb dicht hinter ihm stehen, als sie den Sechsecksaal wieder erreicht hatten.

Garth' Hände zitterten, und seine Stimme hörte sich an, als würde sie jeden Moment umkippen. »Da ist... kein anderer... Ausgang«, krächzte er. Plötzlich fuhr er herum, packte Torian grob bei der Schulter und starrte an ihm vorbei die Treppe hinab. »Das ist... Hexerei«, hechelte er. »Zauberwerk! Wir müssen... der Gang ist... wir...« Er begann zu stammeln, brach schließlich ab und sog hörbar die Luft ein.

Torian löste behutsam Garth' Hand von seiner Schulter. »Weißt du, Garth«, stieß er gepreßt hervor, »es interessiert mich gar nicht, was es war. Alles, was ich will, ist hier herauskommen.« Er sprach langsam, fast stockend, und betonte jedes einzelne Wort übermäßig, als müsse er sich an die Silben klammern, um nicht den Verstand zu verlieren. »Wir müssen einen anderen Weg hinausfinden.« Er sah sich suchend um und deutete schließlich auf das am nächsten liegende Fenster. »Komm mit.«

Garth folgte ihm mit steinerner Miene. Der breitschultrige Dieb hatte sich jetzt wieder in der Gewalt, aber Torian spürte, daß es nur eines winzigen Anstoßes bedurfte, ihn vollends die Fassung verlieren zu lassen.

Ihn? dachte er. Ihm selbst erging es nicht viel besser. Er hatte sich bisher geweigert, das Geschehen wirklich zu akzeptieren, das war alles. Aber lange würde er das nicht mehr können. Sie hätten niemals hierherkommen dürfen. Vielleicht war dies der Preis, den er für seinen Mord an dem Magier zu zahlen hatte.

Sie erreichten das Fenster. Torian streckte sich, um die schmale Brüstung zu erreichen. Er schaffte es nicht ganz, aber Garth packte ihn ohne viel Federlesens mit nur einer Hand am Gürtel und hob ihn hoch, als wöge er nicht mehr als ein Kind. Torians Finger glitten suchend über den warmen Stein, ertasteten einen Teil des zerfallenen Gitters und klammerten sich fest. Gleichzeitig suchte er mit den Zehen Halt in den Fugen des Mauerwerkes. »Es ist gut«, keuchte er. »Du kannst loslassen.«

Garth gehorchte, trat einen Schritt zurück und blinzelte aus zusammengekniffenen Augen zu ihm hinauf. »Wie sieht es aus?«

Torian krallte sich mit einer Hand und den Zehen fest, während er mit der anderen prüfend am Gitter rüttelte. Der Ansturm der Jahrhunderte hatte es gelockert, und schon bei der ersten Berührung rieselte der Mörtel wie feiner Staub über seine Hände. Es würde kein Problem sein, die rostigen Eisenstäbe vollends zu zerbrechen. Aber das Fenster war zu schmal. Vielleicht würde es ihm – mit viel Kraft und noch mehr Glück – gelingen, sich hindurchzuzwängen. Aber Garth würde darin steckenbleiben wie ein Korken in einem Flaschenhals.

Er seufzte, schüttelte den Kopf und sprang wieder herab zu Garth. »Sinnlos.«

»Können wir die Wand nicht durchbrechen? Vielleicht reicht es schon, ein paar Steine...« Garth verstummte, als er Torians Blick begegnete. »Schon gut«, murmelte er niedergeschlagen. »Suchen wir einen anderen Weg. Irgendeinen Ausgang muß dieser verdammte Turm ja haben.«

Torian war sich da gar nicht so sicher. Aber es nutzte weder ihm noch Garth, wenn sie sich die Köpfe heiß redeten, und so schwieg er.

Garth wandte sich um, machte einen Schritt in Richtung Tür und blieb wieder stehen. »Das ist doch sinnlos«, stammelte er. Seine Stimme zitterte stärker. »Wir... wir kommen hier nie mehr raus. Wir –«

Torian trat mit einem raschen Schritt neben ihn und riß ihn an der Schulter herum. »Garth«, forderte er scharf. »Reiß dich zusammen.«

Garth schluckte. In seinen Augen stand plötzlich ein seltsames, warnendes Glitzern.

»Wir müssen vor allem einen klaren Kopf bewahren«, ermahnte ihn Torian beschwörend. »Bitte, Garth – verlier jetzt nicht die Nerven. Wir kommen hier schon raus. Schlimmstenfalls brechen wir einfach die Wand unten vor dem Ausgang auf.«

Garth mußte so gut wie er wissen, daß seine Worte der reine Unsinn waren. Die Wände des Turmes waren mehr als mannsdick. Sie würden verdursten, ehe sie sie auch nur erkennbar angekratzt hatten.

Trotzdem beruhigte sich Garth. »Du hast recht«, gab er zu. »Ich muß... mich zusammenreißen.« Er lächelte nervös. »Das ist nicht der erste Kerker, aus dem –« Er brach ab. Auf seinem Gesicht erschien ein lauernder Ausdruck.

»Was ist?« fragte Torian.

Garth winkte hastig ab, legte den Zeigefinger über die Lippen und sah sich demonstrativ um.

Der Raum war noch immer leer. Torian fiel erst jetzt richtig auf, wie groß er war. Mit Ausnahme des schmalen Stückes, das der Treppenschacht in Anspruch nahm, mußte er sich über die gesamte Grundfläche des Turmes erstrecken. Aber das bedeutete auch, daß unter ihm weitere Räume lagen. Und vielleicht ein Ausgang. Die Vorstellung eines Raumes, der weder Ein- noch Ausgang hatte, erschien ihm ziemlich sinnlos.

»Was hast du?« fragte er noch einmal. »Wie –«

»Paß auf! Hinter dir!«

Torian reagierte instinktiv. Garth' Schrei und das schleifende Geräusch drangen gleichzeitig in sein Bewußtsein. Er ließ sich zur Seite kippen, rollte über die Schulter ab und kam mit einer katzenhaften Bewegung wieder auf die Füße.

Dort, wo er eine halbe Sekunde zuvor gestanden hatte, krachte etwas Schweres auf den steinernen Boden. Torian wirbelte herum, duckte sich und wich noch in der Bewegung einen weiteren Schritt zurück. Sein Schwert sprang wie von selbst aus der Scheide, zuckte hoch und prallte klirrend gegen die schwere, stachelbewehrte Keule, die gegen seine Brust zielte.

Der Aufprall ließ Torian abermals zurücktaumeln. Ein betäubender Schmerz jagte durch seine Waffenhand, explodierte in seinem Ellbogengelenk und lähmte seinen Arm. Torian fluchte, wechselte die Waffe blitzschnell von der rechten in die linke Hand und brachte sich mit einem verzweifelten Satz in Sicherheit, als der Angreifer abermals seine gewaltige Keule schwang. Garth brüllte vor Schrecken, machte aber keinerlei Anstalten, ihm zu Hilfe zu eilen, sondern glotzte wie ein hypnotisiertes Kaninchen auf den schwarzgekleideten Krieger, der aus dem Nichts aufgetaucht war und Torian mit wütenden Keulenhieben vor sich hertrieb.

Der Mann war nur wenig größer als Torian, aber breitschultriger, und seine Rüstung schien der Alptraum eines Waffenschmiedes zu sein: schwarz, glänzend und über und über mit kleinen Metalldornen und -schneiden bedeckt. Und er schwang die zentnerschwere Stachelkeule so mühelos, als handhabe er ein Rapier oder einen leichten Zierdegen.

Torian wich verzweifelt vor dem unheimlichen Angreifer zurück, duckte sich unter seinen Hieben und versuchte gleichzeitig, selbst einen Schlag anzubringen. Der andere kämpfte nicht sehr gut – seine ungestüme Wut und die Gefährlichkeit seiner Waffe ließen ihn überlegener erscheinen, als er war. Und er schien sich vollkommen auf seine Panzerung zu verlassen.

Der Kampf endete, bevor er richtig begonnen hatte. Torian duckte sich unter einem gewaltigen, beidhändig geführten Keulenhieb weg, riß seinen Schild vom Rücken und schleuderte ihn wie einen Diskus nach den Beinen des anderen. Der Krieger versuchte dem Wurfgeschoß auszuweichen, aber seine eigene Waffe wurde ihm zum Verhängnis. Die Keule, einmal in Schwung, riß ihn vorwärts und brachte ihn aus dem Gleichgewicht. Er taumelte, ließ seine Waffe fallen und versuchte mit einem verzweifelten Schritt seine Balance wiederzufinden.

Torian brauchte nicht einmal zuzustechen. Sein Gegner lief direkt in sein hochgerecktes Schwert hinein. Die Klinge glitt mit hörbarem

Knirschen durch das schwarze Eisen seiner Panzerung.

Der Krieger röchelte. Seine Hände zuckten, krampften sich um die Schwertklinge und entrissen Torian die Waffe. Eine halbe Sekunde lang blieb er aufrecht und beinahe reglos stehen, dann kippte er grotesk langsam nach vorne. Torian versuchte zurückzuweichen, aber sein Fuß verfing sich irgendwo. Der Krieger begrub ihn halbwegs unter sich, als er zusammenbrach.

Fluchend begann er, sich unter dem reglosen Körper hervorzuarbeiten. Die winzigen Metalldorne der Rüstung schnitten schmerzhaft durch seine Kleider und fügten den kaum verheilten Wunden auf seinen Armen und Beinen neue hinzu, und an der Schwertklinge lief warmes Blut entlang und besudelte ihn. Schweratmend schob er beide Hände unter die Brust des Toten, zerschnitt sich dabei erneut die Finger und wuchtete den zentnerschweren Körper mit einer verzweifelten Kraftanstrengung hoch.

Garth erwachte endlich aus seiner Erstarrung und sprang mit einem hastigen Satz neben ihn. »Kann ich dir helfen?« fragte er.

Torian hievte den Toten vollends von sich herunter, betrachtete finster seine zerschnittenen Hände und noch finsterer Garth' Gesicht. »Nein danke«, schnappte er. »Wie kommst du darauf, daß ich Hilfe nötig habe?«

Garth machte ein betroffenes Gesicht. »Ich... es tut mir leid«, stammelte er. »Aber es ging alles so schnell, und...«

Torian seufzte, griff nach seinem Schwert und stemmte sich hoch. »Vergiß es«, knurrte er. Im Grunde konnte er Garth nicht einmal wirklich böse sein – es war tatsächlich alles sehr schnell gegangen: Von Garth' Warnung bis jetzt hatte alles keine halbe Minute gedauert. Und ohne seine Warnung wäre er jetzt wahrscheinlich tot.

Er schob sein Schwert in den Gürtel zurück, betrachtete den Toten stirnrunzelnd und sah sich um. »Wo ist der Kerl überhaupt hergekommen?«

Garth zuckte mit den Achseln. »Das weiß ich so wenig wie du«, antwortete er. »Er war einfach da.«

»Ach?« spottete Torian. »Seit wann erscheinen Krieger einfach aus der Luft?«

»Vielleicht seit Treppen und Türen verschwinden«, erwiderte

Garth. Torian schenkte ihm einen weiteren finsteren Blick, ließ sich neben dem Toten in die Hocke sinken und drehte ihn ächzend auf den Rücken. Seine Rüstung klirrte. Die rasiermesserscharfen Dornen kratzten scharrend über den Boden und hinterließen millimetertiefe Scharten im Stein. Torian griff nach seinem Helm, löste die dünnen Lederriemen, der ihn mit den Schulterstücken seiner Rüstung verbanden, und zog ihn ab.

Er war beinahe erleichtert, als unter dem schwarzen Visier ein menschliches Gesicht zum Vorschein kam.

Der Mann war nur wenig älter als er, und sein Gesicht zeigte eine Weichheit, die in krassem Gegensatz zu seiner martialischen Rüstung stand. In seinen weit aufgerissenen, gebrochenen Augen stand ein überraschter, ungläubiger Ausdruck, als hätte er die Möglichkeit, bei dem Kampf der Unterlegene zu sein, nicht einmal in Betracht gezogen. Es war kein Krieger.

Torian blickte ihn einen Herzschlag lang an, hob dann – einer Regung folgend, die er selbst nicht ganz verstand – die Hand und drückte behutsam seine Augenlider zu.

»Ich möchte gern wissen, wer er war«, murmelte er. »Und warum er uns angegriffen hat.«

»Vielleicht jemand wie wir«, mutmaßte Garth unsicher. »Möglicherweise ist er genauso hierhergeraten wie wir und hielt uns für die Geister dieser Stadt.« Aber seine Stimme klang nicht so, als wäre er von seinen eigenen Worten überzeugt.

Torian schüttelte den Kopf. »Ich habe nie eine Rüstung wie diese gesehen«, sagte er nachdenklich. »Und es gibt kaum ein Heer, in dem ich noch nicht gedient hätte. Vielleicht«, fügte er nach kurzem Überlegen hinzu, »war er nichts anderes als ein Räuber.« Er deutete auf Garth' prachtvollen Umhang und den goldbesetzten Waffengurt, den er selbst um die Hüften geschlungen hatte. »Denk an den Toten, den wir draußen gefunden haben. Zwei wie wir dürften als Beute äußerst verlockend erscheinen. Wir sollten uns unauffälligere Kleider verschaffen.«

Garth schüttelte entschieden den Kopf.

»Unmöglich«, entgegnete er überzeugt.

»Und wieso?« Torian spürte eine rasche, heiße Welle von Zorn in sich aufsteigen. Er wußte im Grunde sehr gut, daß Garth recht hatte; aber allein sein Widerspruch reizte ihn.

»Wenn er tatsächlich ein Räuber gewesen war, dann der dämlichste, der mir je untergekommen ist«, antwortete Garth. »Er hätte zehn bessere Gelegenheiten gehabt, uns unschädlich zu machen, und weniger riskante dazu. Außerdem«, fügte er nach kurzem Zögern hinzu, »hätte er wohl erst versuchen müssen, mich unschädlich zu machen. Er konnte nichts von meiner Verletzung wissen, und unter normalen Umständen wäre ich der gefährlichere Gegner.«

»Ach?« schnappte Torian gereizt. »Bist du sicher?«

Garth erwiderte seinen Blick kühl. »Willst du es ausprobieren, Kleiner?« fragte er.

Torian spannte sich. Sein Zorn wuchs. Für einen Moment krampfte sich seine Hand so fest um den Schwertgriff, daß es schmerzte. Dann lockerte er mit einem sichtbaren Ruck seinen Griff, schüttelte den Kopf und lachte leise, gekünstelt und nervös. »Wir benehmen uns wie Narren, Garth«, sagte er. »Statt uns gegenseitig an die Kehlen zu gehen, sollten wir versuchen, herauszubekommen, wie dieser Kerl so plötzlich hinter mir aus dem Nichts auftauchen konnte.« Er seufzte, kniete noch einmal neben dem Toten nieder, löste seinen Brustpanzer und warf ihn achtlos zur Seite. Darunter kam ein schwarzes, seidig schimmerndes Wams zum Vorschein, das sich bei näherem Hinsehen als eine Art Kettenhemd erwies, das aus unglaublich feinen, ovalen Metallösen gewoben war.

»Was ist das?« fragte Garth, der sich neugierig über Torians Schulter gebeugt hatte. »Ich habe so etwas noch nie gesehen.«

Torian antwortete nicht. Sein Blick glitt über die nackten Oberarme des Toten. Seine Haut war hell, fast weiß, gar nicht wie die eines Mannes, der die hitzezerkochte Staubwüste durchquert oder gar lange Zeit hier gelebt hatte. Und auf beiden Oberarmen prangte eine dunkle, in leuchtenden Violett- und Rottönen gehaltene Tätowierung. Es war nicht auszumachen, was sie darstellen sollte – die ineinander verschlungenen Linien konnten alles oder nichts bedeuten, Blume, Monster, Gott – vielleicht nur eine willkürliche Anordnung von Strichen und Linien...

Torian schauderte.

Er wußte nicht, was die Tätowierung zu bedeuten hatte, aber er wußte, wo er Muster wie diese schon gesehen hatte. Das Muster auf den Armen des Toten ähnelte zum Verwechseln der verblaßten Bemalung unten im Gang.

Garth schien seinen Schrecken zu bemerken. »Was hast du?« wollte er wissen.

»Die... Tätowierung«, murmelte Torian. »Sieh sie dir an, Garth.«

Garth gehorchte, aber der fragende Ausdruck auf seinen Zügen änderte sich nicht. »Was meinst du?« fragte er.

»Das Bild«, flüsterte Torian. Unwillkürlich senkte er die Stimme. »Die Bemalung unten... unten im Gang.«

Garth blickte ihn stirnrunzelnd an. »Ich verstehe immer noch nicht«, sagte er. »Aber ich bin sicher, du wirst mich aufklären, sobald du lange genug den Geheimnisvollen gespielt hast.«

Torian schluckte. Garth' Worte versetzten ihn schon wieder in Rage, eine Wut, die er sich selbst nicht mehr erklären konnte und die ihn erschreckte. Er war nicht mehr Herr seiner selbst. Nicht mehr bei Sinnen. Es fiel ihm sogar schwer, wenigstens äußerlich Ruhe zu bewahren. »Es ist... nichts.«

»Nichts?« Garth runzelte die Stirn und sah abwechselnd den Toten und ihn zweifelnd an. »Du siehst aus, als hättest du soeben ein Gespenst gesehen, Kleiner.«

»Vielleicht habe ich das«, entgegnete Torian. Rasch erhob er sich, trat an Garth vorbei und zog sein Schwert wieder aus dem Gürtel. Seine Hände zitterten. »Irgendwo muß dieser Kerl schließlich hergekommen sein«, fuhr er laut und mit deutlich veränderter Stimme fort. »Wir durchsuchen die Halle – ich nehme den südlichen Teil, du den anderen. Los.«

Garth rührte sich nicht. »Und wonach suchen wir?«

»Nach einer Geheimtür, einer Treppe, einer Klappe im Boden, einer Falltür... was weiß ich«, schnappte Torian gereizt. »Nun mach schon.«

»Wir haben eine Nacht und einen halben Tag hier drinnen zugebracht, Torian«, gab Garth zu bedenken. »Zweihundertneunzig Mann! Wenn es hier drinnen auch nur ein Mauseloch gäbe, wüßte ich davon.«

»Dann geh doch schon mal raus und sattle die Pferde!« brüllte Torian. »Ich komme dann nach, wenn du mich rufst!«

Seine Worte taten ihm fast sofort wieder leid, aber es war zu spät, sie rückgängig zu machen. Garth preßte die Lippen zusammen, sog hörbar die Luft ein und drehte sich mit einem wütenden Ruck um.

Torian starrte ihm nach. Er wollte sich entschuldigen, aber irgend etwas hinderte ihn daran – das gleiche, aberwitzige Gefühl der Furcht, das ihn zu seinen unbedachten Worten geführt hatte und wohl auch für seine Gereiztheit verantwortlich war.

Schließlich wandte auch er sich um und ging in den rückwärtigen Teil des Saales hinüber, um den Boden abzusuchen.

Es war keine einfache Aufgabe. Der Boden war zwar mit einer fingertiefen Schicht von Staub und Sand bedeckt, aber sie war von dem Tremonischen Heer, das hier gelagert hatte, zertrampelt und aufgewühlt; es war schier unmöglich, im Nachhinein auch nur die Spur einer Spur zu finden. Torian ging zu der Stelle zurück, an welcher der heimtückische Angriff erfolgt war, drehte sich einmal im Kreis und versuchte, sich in Erinnerung zu rufen, wie er gestanden hatte, bevor Garth ihn warnte. Wenn der Angreifer in gerader Linie auf ihn zugekommen war – was er unter Garantie getan hatte –, dann mußte er nur einen knapp zehn Schritte durchmessenden Viertelkreis des Bodens absuchen, um – *ja, um was eigentlich zu finden?* dachte er finster. Eine Geheimtür? Eine Klappe, die sich auf Fingerdruck öffnete und ihnen den Weg in die Freiheit gewährte? Bisher hatte er sich nur an die Vorstellung eines geheimen Einganges geklammert, um sich nicht mit dem anderen, bedrückenderen Gedanken abfinden zu müssen – nämlich dem, daß der Fremde wirklich aus dem Nichts aufgetaucht war. Aber nach allem, was sie bisher erlebt hatten, erschien ihm diese Vorstellung gar nicht mehr so abwegig.

Er verscheuchte den Gedanken, drehte sein Schwert herum und begann mit dem Knauf den Boden abzuklopfen. Garth sah einen Moment stirnrunzelnd in seine Richtung, schüttelte den Kopf und wandte sich dann beleidigt wieder ab, beteiligte sich jedoch nicht an der Suche. Torian schluckte die scharfe Bemerkung, die ihm auf der Zunge lag, hinunter und setzte seine Bemühungen verbissen fort.

Nach einer halben Stunde hatte er jeden Fußbreit des Bodens abgeklopft; ohne das geringste Ergebnis. Entweder war der Schachtdeckel so dick, daß er auf diese Weise den Unterschied zwischen ihm und dem übrigen Boden nicht feststellen konnte – oder es gab keinen geheimen Eingang.

»Na?« fragte Garth boshaft. »Zufrieden?«

Torian funkelte ihn an. »Statt dich zu freuen, solltest du dir lieber deinen Dickschädel darüber zerbrechen, wie wir hier herauskommen«, schnappte er. Wieder fühlte er diesen heißen, sinnlosen Zorn, und wieder war es ihm unmöglich, ihn zu bekämpfen. Weniger denn je.

Garth' Augen flammten. »Vielleicht war es ein Fehler, überhaupt hierherzukommen«, zischte er. »Vielleicht hätte ich dir den Hals umdrehen sollen, als noch Zeit dafür war.«

Torian schob kampflustig das Kinn vor. »Das kann man ja nachholen«, sagte er. »Warum versuchst du es nicht?«

Garth grinste böse, ballte die Faust und machte einen einzigen, schwerfälligen Schritt in seine Richtung, blieb aber sofort wieder stehen. Torian hob kampfbereit das Schwert. Sein Blick tastete die hünenhafte Gestalt des andern ab und suchte nach einer günstigen Stelle, an der er zustoßen konnte, ohne in die Reichweite seiner schrecklichen Hände zu kommen.

Garth' Fäuste begannen zu zittern. Seine Lippen zuckten. In seinen Augen erschien ein erschrockener, fast verblüffter Ausdruck. »Torian«, keuchte er. Seine Stimme hörte sich flach und gepreßt an, als koste es ihn unendliche Überwindung, die Worte hervorzustoßen. »Was... tun wir...!« Seine Augen weiteten sich. »Wir... müssen zusammenhalten, statt uns zu... zu streiten...«

Ein dumpfer Schmerz begann sich hinter Torians Stirn breitzumachen. Garth' Worte echoten seltsam verzerrt in seinem Schädel, und irgend etwas in ihm schien mit aller Macht verhindern zu wollen, daß er ihren Sinn begriff.

»Du... hast recht«, stieß er stockend hervor. Er senkte das Schwert, aber seine Hand zitterte, als wäre da noch ein anderer, stärkerer Wille, der von seinen Muskeln Besitz ergriffen hatte. Auf seinem Handrücken pochte eine Ader, und sein Arm zuckte ununterbrochen.

»Wehr dich«, krächzte Garth. »Wir müssen... dagegen kämpfen,

Torian. Sonst... bringen wir uns gegenseitig um...«

Torian versuchte es. Aber der Druck hinter seiner Stirn wurde stärker, erreichte die Grenzen des Erträglichen und wuchs weiter. Es war ein Gefühl, als würde in seinem Schädel eine gewaltige Stahlfeder gespannt... gespannt und gespannt und immer weiter und weiter gespannt. Sein rechter Arm bewegte sich ruckweise nach oben. Das Schwert verschwamm vor seinen Augen, aber nicht stark genug, daß er nicht mehr erkennen konnte, wie sich seine Spitze Garth' Halsschlagader näherte...

Garth schrie auf, prallte im letzten Moment vor der Waffe zurück und versetzte ihm einen gewaltigen Schlag ins Gesicht. Torian strauchelte, ließ sein Schwert fallen und brach mit einem heiseren Schmerzlaut in die Knie. Sein Schädel dröhnte, und seine Wange brannte wie Feuer. Garth mußte mit aller Kraft zugeschlagen haben.

Aber der Schmerz vertrieb auch den mörderischen Bann, der sich um sein Bewußtsein gelegt hatte. Der Druck verschwand von einer Sekunde auf die andere, und Torian starrte betroffen und entsetzt zu Garth hinauf, der breitbeinig vor ihm stand und ihn gleichermaßen mißtrauisch wie besorgt musterte. »Alles wieder in Ordnung?«

Torian nickte zögernd, preßte die Hand gegen die Wange und spürte warmes Blut über sein Gesicht laufen. »Ja«, antwortete er verwirrt. »Aber was... bei allen Göttern, Garth – was war das?«

Garth zuckte wortlos mit den Achseln und streckte die Hand aus, um ihm auf die Füße zu helfen. »Garth, ich... ich hätte dich um ein Haar getötet!« keuchte Torian.

Garth grinste. »Kaum«, antwortete er. »Da müssen schon fünfundzwanzig wie du kommen, um Garth, Die Hand, umzubringen.« Er wurde übergangslos wieder ernst, bückte sich und reichte Torian das Schwert, das er fallen gelassen hatte. »Aber mittlerweile werde ich das Gefühl nicht los, daß uns jemand an den Kragen will«, fuhr er fort. »Wir sollten wirklich von hier verschwinden. Wenn es nicht anders geht, müssen wir eben versuchen, durch die Decke zu brechen oder –«

Er sprach nicht weiter. Sein Blick glitt an Torian vorbei in den hinteren Teil des Saales. Sein Auge weitete sich ungläubig.

Torian fuhr herum und unterdrückte im letzten Moment einen ungläubigen Ausruf.

Mit dem sechseckigen Saal ging eine bizarre Veränderung vonstatten. Die Luft flirrte, als wäre sie heiß, und die von Staub und Jahrhunderten verkrusteten Wände schienen sich auf unmögliche, widersinnige Weise in sich selbst zu bewegen, zu biegen und zu verdrehen, als wären sie zu eigenem Leben erwacht und versuchten, die Form, in die sie gepreßt worden waren, zu sprengen. Für einen zeitlosen Moment glaubte Torian Gold durch den wabernden Vorhang blitzen zu sehen, prachtvolles Geschmeide und Zierat, schwere, samtene Vorhänge, die den grauen Stein der Wände verbargen und Bilder, die Szenen aus einer längst vergangenen Zeit beschworen. Ein knisternder, unwirklicher Laut erfüllte die Luft, und die Farbe des Sonnenlichtes, das noch immer durch die Fenster hereinströmte, wechselte von Rot zu Gold.

»Dort!« Garth ergriff ihn mit schmerzhafter Kraft am Oberarm und deutete mit der anderen Hand auf eine Stelle des Fußbodens, wenige Schritte vor der gegenüberliegenden Wand. Der Boden bestand nicht länger aus verkrusteten, geborstenen Platten, sondern aus kunstvoll angelegten Mosaiksteinen, die ein sinnverwirrendes Muster zeigten. Und dort, wo Garth' ausgestreckter Arm hinwies, schienen sie auf unbegreifliche Weise zu *leben*.

Torian verharrte reglos. Schwerfällige, wellenförmige Bewegungen verzerrten das Mosaikmuster, von einem unsichtbaren Mittelpunkt ausgehend und – wie Kreise, die ein ins Wasser geworfener Stein zieht – in einiger Entfernung verebbend.

Langsam, ganz langsam, wie der Rachen eines versteinerten Ungeheuers, öffnete sich der Boden. Zuerst war es nur ein kaum handgroßer, dunkler Fleck, der sich aber rasch zu einem Loch und schließlich zu einer metergroßen, runden Öffnung weitete. Darunter waren die ersten Stufen einer steinernen Treppe zu erkennen, die steil in die Tiefe führte. Das Geräusch schneller, schwerer Schritte drang an ihre Ohren.

Torian erwachte einen Sekundenbruchteil vor Garth aus seiner Erstarrung. Mit einem entschlossenen Knurren streifte er Garth' Hand ab, packte sein Schwert fester und huschte geduckt auf den Schacht zu. Er vermied es bewußt, irgend etwas anderes wahrzunehmen. Rings um ihn herum verbog und verwandelte sich der Saal weiter, aber er konzentrierte sich ausschließlich auf den Schacht und verscheuchte jeden anderen Gedanken. Der Schacht war etwas Reales, und ganz egal, wer oder was aus ihm hervorkommen mochte, er würde wenigstens nicht den Verstand verlieren, wenn er sich auf ihn konzentrierte. Und vielleicht war es eine Möglichkeit, den Turm zu verlassen.

Die Schritte kamen näher. Garth wollte etwas sagen, aber Torian hob rasch die Hand und gebot ihm mit einer Geste, zu schweigen. Über dem Rand des Schachtes erschien ein schwarzer, stachelgekrönter Helm.

Torian erreichte die Öffnung im gleichen Moment, in dem der Mann den Kopf hob und ihn durch die schmalen Schlitze seines Visiers ansah. Für die Dauer eines Atemzuges war er gelähmt vor Überraschung – und diese kurze Frist genügte Torian. Mit einem kraftvollen Satz überwand er die letzten Schritte, schwang seine Waffe und ließ das Schwert mit einem mächtigen, beidhändig geführten Hieb heruntersausen.

Der andere kam nicht einmal mehr dazu, einen Schreckensschrei auszustoßen. Torian drehte die Klinge im letzten Moment, so daß sie nur mit der Breitseite auf den Helm krachte, statt ihn mit der Schneide zu treffen und zu spalten, aber allein die ungestüme Wucht des Hiebes reichte aus, den Fremden zurückzuschleudern und rücklings die Treppe hinunterstürzen zu lassen. Torian setzte ihm, immer zwei, drei Stufen auf einmal nehmend, nach, überwand das letzte Stück mit einem gewagten Satz und kam breitbeinig über dem reglosen Körper zum Stehen. Die Spitze seiner Klinge zuckte herab, bohrte sich durch den Panzer des Mannes und verharrte einen halben Zentimeter über seiner Kehle.

Der Fremde rührte sich nicht. Seine Brust hob und senkte sich sichtlich, aber er war bewußtlos. Torian hob das Schwert wieder, trat ein paar Schritte zurück und atmete tief durch. Sein Herz jagte.

»Torian!« Garth' Gesicht erschien über dem Rand des Treppenschachtes. »Alles in Ordnung?«

Torian nickte abgehackt. »Ja«, antwortete er. »Es ist alles vorbei – du kannst kommen.«

Der Dieb nickte, drehte sich um und begann schwerfällig rückwärts die steinernen Stufen hinabzusteigen.

Torian sah sich gleichermaßen neugierig wie mißtrauisch um. Was er sah, enttäuschte ihn fast. Mit Ausnahme der Treppe war der kleine, rechteckige Raum vollkommen leer. An der gegenüberliegenden Wand befand sich eine Tür, und hinter seinem Rücken – kaum drei Schritte vom Ausgang entfernt, begann bereits die Treppe. Sie war nicht sehr lang – die oberste Stufe lag kaum eine Armeslänge über seinem Kopf, und die Wände bestanden aus dem gleichen grauen Fels wie oben. Und doch war irgend etwas anders. Er vermochte den Unterschied nur nicht in Worte zu fassen. Aber er spürte ihn.

Garth kam neben ihm an, beugte sich kurz über den schwarzgekleideten Krieger und sah ihn fragend an. »Ist er tot?«

»Nein«, erklärte Torian. Garth schien noch etwas sagen zu wollen, beließ es aber bei einem resignierten Achselzucken, als er Torians Blick auffing. Vorhin, während des Kampfes gegen den ersten Angreifer, hatte er keine große Wahl gehabt – es war ein Kampf auf Leben und Tod gewesen, und hätte er nicht zuerst zugestoßen, läge er jetzt tot oben auf den Steinfliesen. Jetzt war die Situation anders. Der Krieger war unschädlich, und Torians Hieb war stark genug gewesen, ihn für Stunden auszuschalten. Mit etwas Glück würde er mit so gewaltigen Kopfschmerzen aufwachen, daß er weitere Stunden brauchen würde, um zu erkennen, daß ihm nicht der Himmel auf den Kopf gefallen war, sondern eine Schwertklinge. Nein, dachte Torian trotzig – fast, als müsse er sich vor sich selbst rechtfertigen – es gab keinen Grund, den Mann zu töten.

»Gehen wir weiter«, knurrte er, ehe Garth Gelegenheit fand, doch noch zu widersprechen. Behutsam stieg er über den Bewußtlosen hinweg, stieß die Tür mit der Schwertklinge auf und spähte mit klopfendem Herzen durch die Öffnung.

Dahinter lag ein gewölbter, fensterloser Gang, wie alles hier eine Spur zu niedrig, um wirklich aufrecht darin stehen zu können, vielleicht zwanzig Schritte lang und von einer Anzahl blakender Fackeln erhellt, die in kunstvoll geschmiedeten Haltern steckten.

An seinem Ende lag eine weitere Tür. Auch sie stand einen Spaltbreit offen. Und hinter ihr schimmerte goldenes Sonnenlicht.

Über die Festung spannte sich ein wolkenloser Himmel wie eine blaue Kuppel. Die Sonne stand eine halbe Hand breit über der östlichen Mauer und warf gezackte Schatten auf den polierten Marmor des Innenhofes. Ein leichter Wind wehte, ließ die langen, saftig-grünen Blätter der Palmen rascheln, die den Hof säumten, und trug eine verwirrende Vielfalt von Geräuschen und Gerüchen mit sich, und die Luft war von einer Klarheit, wie man sie sonst nur in den Bergen und selbst dort nur an wenigen Tagen des Jahres vorfand.

Torian starrte einen Herzschlag lang verblüfft nach oben, blickte sich hilflos um und bewegte sich einen halben Schritt aus dem Gebäude hinaus. Der Hof war gewaltig: eine glatte, mit schwarzem Marmor gepflasterte Fläche, groß genug, um mindestens tausend Menschen aufzunehmen. Aber er war – zumindest im Augenblick leer.

Trotzdem waren die beiden Männer, denen sie im Turm begegnet waren, nicht die einzigen. Irgendwo, etwas weiter entfernt, waren Stimmen und das Schnauben von Pferden – sehr vielen Pferden – zu hören, und als Torian die Tür ein Stück weiter aufschob, stob ein Mauerbrüter aus seinem Nest über dem Türsturz davon und schwang sich schimpfend und flügelschlagend in die Luft. Das Licht war sanfter geworden, irgendwie weicher, und das boshafte Hecheln des Windes war verstummt.

»Hä?« stieß Garth hervor. »Was –«

Torian brachte ihn mit einer heftigen Bewegung zum Schweigen, trat in den Gang und spähte abwechselnd auf den Hof hinaus und zurück dorthin, wo sie hergekommen waren. Hinter ihnen bewegte sich die Dunkelheit. Der Gang war leer, und doch ... Torian schüttelte verwirrt den Kopf. Es sah aus, als hätten die Schatten Flügel bekommen.

»Was hat das zu bedeuten, bei allen Sumpfgeistern?« murmelte Garth fassungslos. »Bin ich jetzt vollkommen verrückt geworden, oder sehe ich wirklich, was ich sehe?«

Torian unterdrückte ein Lächeln. Er war kaum überrascht; im Gegenteil – er hatte etwas wie das hier erwartet.

Was nicht hieß, daß er es verstand.

Garth setzte dazu an, eine weitere Frage zu stellen, aber Torian brachte ihn erneut mit einer raschen Geste zum Verstummen und deutete hinaus. Der Hof war nicht mehr so leer wie noch vor Augenblicken. In einem der würfelförmigen Gebäude, die in die Innenseite der Mauer eingebaut waren, hatte sich eine Tür geöffnet, und vier Menschen waren ins Freie getreten. Torian beobachtete sie gebannt. Zwei von ihnen trugen die schwarzen, stachelbewehrten Rüstungen, die sie bereits kannten, der dritte Mann war in ein sackähnliches, schmuckloses Gewand gekleidet, das seinen Körper völlig verhüllte. Das einzige, was das Grau seiner Kleidung unterbrach, war ein handgroßer, sechsstrahliger Stern aus silberfarbenem Metall, der an einer dünnen Kette auf seiner Brust hing. Auf dem Kopf trug er eine sonderbare Mischung zwischen Hut und Helm, und seine Hände staken in glitzernden, bis weit über die Ellbogen reichenden Handschuhen. Die Frau war ähnlich gekleidet, nur daß ihr Gewand aus einem dünnen, im hellen Gegenlicht der Sonne beinahe durchsichtigen Stoff bestand, durch den die Konturen ihres Körpers deutlich zu erkennen waren. Ihr Haar war schulterlang und schwarz. Sie und der Mann unterhielten sich angeregt, während die beiden Krieger – offensichtlich eine Art Ehrenwache – zwei Schritt Abstand zu ihnen hielten und schwiegen.

Torian starrte ihnen nach, bis sie den Hof überquert hatten und aus ihrem Blickfeld verschwunden waren. Behutsam schob er die Tür wieder zu, wich in den Gang zurück und drehte sich zu Garth herum.

Das Gesicht des Diebes hatte alle Farbe verloren. Seine Pupillen waren unnatürlich geweitet. Er hatte die Arme vor der Brust verschränkt, wohl, damit Torian nicht sehen sollte, wie stark seine Hände zitterten.

»Was bedeutet das, Torian?« fragte er flüsternd. »Wo... wo kommen diese Leute her? Und diese Festung... die... die Mauer ist... ist vollkommen intakt.«

Torian nickte. Seine Gedanken überschlugen sich. Er wußte die Antwort – ebenso wie Garth. Aber so wie er weigerte er sich einfach, sie zu akezptieren.

»Vor allem müssen wir hier heraus«, erklärte er unsicher, ohne direkt auf Garth' Worte zu antworten. »Sie werden uns entdecken, wenn wir noch lange hierbleiben.« Wieder sah er zurück, und für einen Moment bildete er sich fast ein, ein leises, kratzendes Geräusch zu hören: das Schaben von Metall über Stein.

Er schüttelte den Gedanken ab. Der Krieger konnte noch nicht erwacht sein. Sein Schwerthieb hätte selbst einen Riesen wie Garth für Stunden ins Reich der Träume geschickt.

»Und... wenn wir sie um Hilfe bitten?« fragte Garth unsicher. »Sie –«

Torian lachte humorlos. »Sicherlich«, gab er grimmig zur Antwort. »Du mußt ihnen nur erklären, warum wir einen von ihren Kriegern getötet und einen anderen bewußtlos geschlagen haben. Und wie wir hierher kommen.« Er schüttelte den Kopf, wandte sich wieder der Tür zu und versuchte, durch den schmalen Spalt zwischen Angel und Wand hinauszuspähen. Auf dem Hof bewegten sich Schatten, und ein paarmal sah er schwarzgekleidete Krieger vorüberhuschen. Ein Posaunensignal wehte zu ihnen hinüber, dünn und seltsam traurig in der heißen, klaren Luft, dann glaubte er, aufgeregte Stimmen zu hören. Die Festung war nicht leer, ganz und gar nicht. Sie hatten reines Glück gehabt, in einem Augenblick aus dem Turm zu treten, in dem diese Seite des Hofes durch Zufall verlassen war.

»Irgend etwas stimmt hier nicht«, murmelte er.

Garth lachte hysterisch auf. Torian sah ihn an, überlegte einen Moment und blickte sich erneut um, als könne er die Antwort auf alle Fragen auf den braungrauen Sandsteinwänden rings um sie herum ablesen. Er wußte selbst nicht, wie er das, was er zu spüren glaubte, in Worte fassen und vor allem Garth erklären sollte. Es war nur ein Gefühl, nichts, was er logisch zu begründen in der Lage gewesen wäre. Aber er war oft genug in belagerten Städten gewesen, um die Atmosphäre, die sich über der Wüstenfestung ausgebreitet hatte, sofort zu erkennen. Die Luft schien vor unsichtbarer Spannung zu knistern.

»Laß uns zurückgehen«, schlug er vor.

Garth widersprach nicht. Nebeneinander eilten sie den Gang zurück, erreichten die kleine Kammer und liefen rasch die Treppe wieder hinauf.

Der Saal hatte sich verändert. Was Torian vorhin wie eine Vision hatte aufblitzen sehen, war Wahrheit geworden – wo zuvor Abfälle und der Staub von Jahrhunderten gelegen hatten, waren jetzt kostbares Mobiliar und Teppiche, Schmuck, Zierat und wertvolle Bilder. An den Wänden hingen Waffen und prachtvoll bemalte, wuchtige

Schilde, und neben den Fenstern staken Fackeln in kunstvoll geschmiedeten Wandhaltern.

Und der Tote war verschwunden.

Garth blieb stehen, stieß einen seltsamen, krächzenden Laut aus und starrte Torian aus weit aufgerissenen Augen an. »Er ist weg!« keuchte er. »Der... der Krieger ist weg, Torian!«

»Das sehe ich auch«, erwiderte Torian gereizt. »Jemand muß ihn fortgeschafft haben.«

»Dann wissen sie, daß wir hier sind.«

Torian zuckte mit den Achseln, zögerte einen Moment und ging dann ohne ein weiteres Wort an Garth vorbei zu der Tür auf der gegenüberliegenden Seite des Raumes. Er war nicht sehr überrascht, eine zweite, steil in die Höhe führende Treppe zu finden, die dort war, wo sich zuvor eine massive Wand befunden hatte. Die Stufen waren glatt und glänzten, als wären sie vor kurzem frisch gescheuert worden, und als sie die Treppe hinaufeilten, schlug ihnen der Geruch von gebratenem Fleisch entgegen.

Sie gelangten in einen zweiten, etwas kleineren Saal, fast ebenso prachtvoll eingerichtet wie der erste, nur daß hier statt Bildern und Zierat schwere hölzerne Ständer mit Speeren, Schwertern und langen, nicht gespannten Bögen die Wände säumten. Auf einer runden Tafel in der Mittel des Raumes standen die Reste einer Mahlzeit, und an der gegenüberliegenden Seite führte eine Treppe weiter in die Höhe.

Garth schüttelte verwirrt den Kopf. »Hier war eine Plattform«, flüsterte er. »Ich... habe selbst hier oben Wache gehalten.«

Torian antwortete nicht. Rasch durchquerte er den Raum, näherte sich vorsichtig der Treppe und spähte mit angehaltenem Atem hinauf. Ein gutes Dutzend ausgetretener Steinstufen führte nach oben und endete vor einer niedrigen, mit handbreiten eisernen Riemen beschlagenen Tür.

»Bleib hier«, murmelte er. Garth nickte knapp. Er schien fast erleichtert, sich nicht weiter an der Erkundung dieses sonderbaren Gebäudes beteiligen zu müssen.

Torian eilte die Treppe hinauf, legte das Ohr gegen die Tür und lauschte. Im ersten Moment hörte er nichts, dann glaubte er das Heulen des Windes zu vernehmen, dahinter, eher zu ahnen als wirklich zu hören, ein dumpfes, an- und abschwellendes Raunen, ein Laut, der nicht hierherpaßte und den er trotzdem fast erwartet hatte. Seine Hand tastete nach dem Riegel, verharrte einen Augenblick und zog ihn dann, sehr behutsam, zurück.

Die Tür schwang nahezu lautlos nach außen. Heller Sonnenschein und die Geräusche der Festung drangen in den kurzen Treppenschacht, und als Torian nach abermaligem Zögern vollends durch die Tür trat, schlug ihm warmer Wind ins Gesicht und ließ ihn blinzeln.

Er stand auf einer sechseckigen, von einer brusthohen Wehrmauer eingefaßten Plattform, leer bis auf den niedrigen, ebenfalls sechseckigen Aufbau, aus dem er herausgetreten war. Torian blieb einen Moment stehen, sah sich sichernd nach allen Seiten um und umrundete zusätzlich das Treppenhaus, ehe er vorsichtig an die äußere Begrenzung der Plattform trat.

Der Anblick war überwältigend. Der Wind trug den Geruch der Wüste heran, und unter ihm erstreckten sich die Gebäude und Mauern Radors, so weit der Blick reichte.

Von der Zerstörung und dem Verfall, den sie vorgefunden hatten, war nichts mehr zu erkennen – die Mauern der Stadt erhoben sich wehrhaft und grau in den Himmel, unversehrt und mächtig, als hätte selbst die Zeit hier ihr Recht verloren und vor diesem Bollwerk aus grauem Fels kapituliert.

Die Stadt war viel größer, als er geglaubt hatte. Der Turm schien sich ziemlich genau in ihrem geometrischen Zentrum zu befinden, und er war auch gleichzeitig das höchste Bauwerk Radors. Der Innenhof, auf den sie vorhin hinausgeblickt hatten, umschloß ihn wie eine Festung in der Festung, und wahrscheinlich war er auch genau dies – eine zusätzliche, letzte Trutzburg, in die sich die Bewohner der Stadt flüchten konnten, sollten die äußeren Verteidigungsanlagen fallen. Die eigentliche Stadt – ein unglaubliches Labyrinth aus Gassen, Plätzen und Straßen, Häusern und Türmen, die in scheinbarem Chaos angeordnet waren, im großen aber doch wieder ein ausgeklügeltes Muster bildeten – lag ein gutes Stück tiefer als diese innere Festung; zehn, vielleicht fünfzehn Manneslängen unter dem Niveau der Wüste, durch die sie auf dem Weg hierher gekommen waren.

Aber nicht nur Rador hatte sich verändert. Als Torian den Blick hob und nach Norden sah, war die Wüste verschwunden, und statt ihrer erstreckte sich eine sanft gewellte, grasbewachsene und hier und da von kleinen Baumgruppen und Hainen bestandene Ebene bis zum Horizont.

Und zwischen ihm und der Stadt, zu weit entfernt, um Einzelheiten zu erkennen, aber nicht weit genug, um es übersehen zu können, lag etwas Großes und Dunkles, ein schwarzes Etwas, das voll ungewisser Bewegung und Leben war...

Torian unterdrückte einen Fluch. Sein Gefühl hatte ihn nicht getrogen. Aber er konnte nicht gerade behaupten, daß er sehr glücklich darüber war.

Mit einem Ruck wandte er sich um, ging zum gegenüberliegenden Rand der Plattform und beugte sich vor, so weit er konnte. Unter ihm, am Fuße des Turmes, bewegten sich zur Spielzeuggröße zusammengeschrumpfte Menschen. Ihre Bewegungen wirkten durch die große Entfernung noch hektischer und schneller, als sie ohnehin waren, aber Torian hätte sie nicht einmal zu sehen brauchen, um die angespannte Nervosität zu fühlen, die über der Stadt lag. Es war kein Zufall, daß viele der Menschen, die auf den Straßen zu sehen waren, das Schwarz der Krieger trugen.

Eine der Gestalten erregte seine besondere Aufmerksamkeit. Torian wußte nicht zu sagen, *was* an ihr Besonderes war – aber er spürte, daß sie sich von den anderen unterschied.

Es war ein Mann. Er trug die gleiche Art von einfachem Gewand wie der Alte mit dem komischen Hut, den er vorhin gesehen hatte, war aber trotzdem mit Schwert und Schild bewaffnet, und seine Bewegungen waren weniger rasch und zielstrebig als die der Krieger. Er ging unschlüssig zwischen ihnen auf und ab, blieb immer wieder stehen und sah sich um. Fast, dachte Torian, als suche er etwas...

Genau in diesem Moment hob der Mann den Kopf, und der Blick seiner dunklen Augen bohrte sich direkt in den seinen.

Torian schauderte. Der Mann starrte zu ihm hinauf, und es gab keinen Zweifel daran, daß er ihn sah, ihn, den Fremden, der reglos hinter den Zinnen des Turmes stand und auf die Stadt hinabblickte. Aber seltsamerweise unternahm er nichts. Rings um ihn herum bewegten sich Dutzende von Kriegern, aber er machte nicht die geringsten An-

stalten, sie auf den Eindringling aufmerksam zu machen, sondern starrte nur reglos zur Turmspitze hinauf. Das Sonnenlicht spiegelte sich auf dem polierten Metall seines Schildes und riß blitzende Sterne aus dem Eisen.

Torian blinzelte. Vergeblich versuchte er, seinen Blick von dem des Mannes zu lösen. Es war, als wäre er gebannt, unfähig, einen Muskel zu rühren oder auch nur einen klaren Gedanken zu fassen. Trotz der großen Höhe konnte er das Gesicht des Alten mit erstaunlicher Klarheit erkennen. Es war ein schmales, verbrauchtes Gesicht, sonnenverbrannt und durchzogen von tiefen Falten und Narben, die ein hartes Leben hineingegraben hatte. Stechende Augen, deren Blick von fast schmerzhafter Intensität war, und ein schmallippiger, breiter Mund, um den ein brutaler Zug lag.

Der Wind schien kälter zu werden. Torian stöhnte. Zwischen seinen Augen erwachte ein dünner, quälender Schmerz. Langsam und fast gegen seinen Willen hob er die Hände, umklammerte die rauhe Kante der Brustwehr und beugte sich weiter vor. Der Schmerz in seinem Kopf wurde schlimmer, und gleichzeitig schien eine unsichtbare Hand durch sein Bewußtsein zu fahren und den letzten Rest von freiem Willen auszulöschen. Er keuchte, öffnete den Mund, um zu schreien, aber nicht einmal das konnte er mehr. Langsam und zitternd beugte er sich weiter vor, klammerte sich fester an die Mauerkante und verlagerte sein Gewicht. Sein rechter Fuß zuckte, löste sich widerwillig vom Boden und setzte sich auf die Mauerkrone. Der Wind begann an ihm zu zerren. Er wankte, beugte sich noch weiter vor und begann langsam, aber unbarmherzig, nach vorne zu kippen…

»Torian!« Eine Hand krallte sich in sein Haar und riß seinen Kopf mit einem brutalen Ruck zurück. Torian schrie vor Schmerz auf, ließ die Mauerkrone los und sackte mit haltlos rudernden Armen nach hinten. Der Schmerz in seinem Schädel flammte noch einmal zu quälender Weißglut auf und erlosch übergangslos.

»Bist du verrückt geworden?« keuchte Garth.

Torian hörte seine Worte kaum. Die Plattform begann sich vor seinen Augen zu drehen, und für einen Moment fühlte er Übelkeit in seiner Kehle aufsteigen. Mühsam stemmte er sich hoch, blieb einen Moment auf den Knien hocken und wartete, bis sein Magen aufgehört hatte zu revoltieren.

»Was bei allen Geistern ist in dich gefahren?« brüllte Garth ihn an, als er nicht antwortete. Er beugte sich vor, riß ihn wie ein Kind auf die Füße und schüttelte ihn. »Torian! Antworte!«

Torian versuchte seine Hand abzustreifen, aber er war zu schwach dazu. »Was ist... passiert?« murmelte er. Seine Gedanken führten einen wirren Tanz auf. Er konnte sich kaum erinnern, was geschehen war. Er war auf die Plattform hinausgetreten, und dann...

»Was passiert ist?« keuchte Garth. »Das fragst du mich? Wenn ich nicht gekommen wäre, hättest du dich in die Tiefe gestürzt, du Narr! Glaubst du, auf diese Weise schneller aus der Stadt herauszukommen?« Er ließ Torians Schulter los, schüttelte wütend den Kopf und sah sich um.

Der Zorn auf seinen Zügen wandelte sich schlagartig in Schrecken.

»Bei allen Göttern!« preßte er hervor. »Was... ist das?«

Torian fuhr sich mit einer müden Geste über die Augen. In seinem Kopf drehte sich noch immer alles, aber er zwang seine Gedanken dazu, wieder in geordneten Bahnen zu laufen und sich auf Garth' Frage zu konzentrieren. Er war froh, irgend etwas zu haben, an das er sich klammern konnte. Zum ersten Mal in seinem Leben hatte er ernsthaft Angst, verrückt zu werden.

Er straffte sich, trat dicht neben Garth erneut an die Brüstung und machte eine weit ausholende Geste, die die ganze Stadt einschloß. »Das«, sagte er betont, »ist Rador.« Garth atmete schwer, und Torian fuhr, jedes Wort genau überlegend, fort: »Rador, Garth. So, wie es vor tausend Jahren ausgesehen hat.«

»Sieht so aus, als säßen wir in der Falle«, murmelte Torian dumpf. »Und zwar gründlich.«

Garth ließ sich mit einem erschöpften Seufzer neben ihm zu Boden sinken, zog eine Grimasse und begann, vorsichtig seine verletzte Schulter zu massieren. Sie waren wieder in der Halle, in der alles begonnen hatte, zwei Stockwerke unter der Turmspitze. Die letzte Stunde hatten sie damit zugebracht, den Turm zu durchsuchen, von der Plattform an seiner Spitze bis zum untersten Kellergeschoß, zwei Etagen unter dem Niveau des Innenhofes. Das Ergebnis war niederschmetternd: Es gab drei der sechseckigen, prunkvoll ausgestatteten Räume, eine Anzahl kleinerer, mit Waffen und Lebensmittelvorräten vollgestopfte Räume in den Kellern – und nur einen einzigen Ausgang.

»Und wenn wir einfach hinausspazieren und so tun, als gehörten wir hierher?« fragte Garth.

Torian schüttelte niedergeschlagen den Kopf. Garth' Vorschlag war nicht ernst gemeint; der hünenhafte Dieb sprach nur, um überhaupt etwas zu sagen und das Schweigen nicht zu quälend werden zu lassen.

Trotzdem antwortete er nach einem Augenblick. »Draußen in der Stadt könnte es vielleicht gehen. Rador ist groß genug, daß zwei Fremde nicht unbedingt auffallen. Aber hier?« Er seufzte. »Ich verstehe sowieso nicht, daß sie uns noch nicht entdeckt haben – es wimmelt draußen geradezu von Soldaten.« Er wollte weitersprechen, tat es aber dann doch nicht. Garth wußte nichts von dem Heer, das draußen vor der Stadt lag, und Torian sah keinen Sinn darin, ihn zusätzlich noch nervöser zu machen, als er ohnehin war. Aber sie mußten die Stadt verlassen, bevor der Angriff begann. Rador würde geschleift werden, bis auf die Grundmauern. Die Zerstörungen, die sie gesehen hatten, stammten nicht allein von der Hand der Natur.

»Komm«, sagte er müde. »Suchen wir noch einmal die Keller ab. Vielleicht ist irgend etwas unserer Aufmerksamkeit entgangen. Ich bin sicher, daß wir nur nicht sorgfältig genug gesucht haben. Das wäre die erste Festung, die ich kennenlerne, aus der es nicht einen zweiten Ausgang gibt.« Wütend ballte er die Fäuste. »Es muß einfach einen Weg aus dieser Falle geben. Irgendwie sind wir schließlich auch hierhergekommen.«

Garth starrte ihn finster an. »Der Weg hierher interessiert mich im Moment wenig«, brummte er.

»Mich schon«, antwortete Torian ernst. »Wenn wir wüßten, auf welchem Weg wir hier hereingekommen sind, kämen wir vielleicht auf dem gleichen zurück.« Er erhob sich, ging mit entschlossenen Schritten zum Treppenschacht und wartete, bis Garth ebenfalls aufgestanden war und ihm folgte. Der Dieb hinkte, und Torian fiel auf, daß er den linken Arm unnatürlich angewinkelt hielt.

»Hast du Schmerzen?« fragte er.

Garth winkte unwillig ab und verzog gleich darauf das Gesicht. »Ja«, gestand er. »Die Wunde hat sich entzündet.«

»Wir müssen zu einem Heilkundigen, sobald wir hier heraus sind«, erklärte Torian.

Garth lachte meckernd. »So ein Kratzer bringt mich nicht um«, behauptete er. »Aber ich fürchte, ich werde dir keine besondere Hilfe sein, wenn es zum Kampf kommen sollte.«

»Zum Kampf?« Torian runzelte die Stirn. »Es wird keinen Kampf geben, Garth. Wenn sie uns entdecken, bräuchten wir schon ein Dutzend von euren Magiern, um hier herauszukommen.« Er wartete, bis Garth neben ihm angelangt war, lächelte noch einmal aufmunternd und wandte sich übertrieben hastig um, damit der andere den besorgten Ausdruck in seinem Blick nicht bemerkte. Garth sah nicht gut aus. Er war blaß, und sein Gesicht glänzte von kaltem Schweiß. Seine Schritte waren längst nicht mehr so federnd und kraftvoll wie zu Anfang, sondern holprig und steif.

Sie gingen die Treppe hinab. Torian warf automatisch einen Blick auf den reglosen Krieger, der noch immer in einer Ecke des Raumes lag. Garth und er hatten ihn sicherheitshalber gefesselt; aber er hatte bisher das Bewußtsein noch nicht zurückerlangt. Torian hoffte, daß er nicht zu fest zugeschlagen hatte. Wenn sie den Beherrschern dieser Festung in die Hände fielen, war es nicht gerade von Vorteil, sich in Gesellschaft eines erschlagenen Kriegers zu befinden...

Torian dachte flüchtig an den ersten Mann, der ihn angegriffen hatte, aber wie die Male zuvor entglitt ihm der Gedanke sofort wieder, und zurück blieb nur ein Gefühl von vager Verwunderung. Als er die Treppe hinter sich hatte und stehenblieb, um auf Garth zu warten, war selbst dies verschwunden.

Der Dieb langte schweratmend neben ihm an und verharrte einen Moment, um Atem zu schöpfen.

»Warum bleibst du nicht hier und ruhst dich aus?« fragte Torian. »Ich hole dich, wenn ich etwas Interessantes gefunden habe.«

Garth schüttelte den Kopf. »Kommt nicht in Frage. Damit du allein verschwinden und mich hierlassen kannst, wie?«

Torian grinste, drehte sich um – und erstarrte.

Die Tür, die am Ende des kurzen Ganges auf den Festungshof hinausführte, war lautlos aufgegangen, und unter der Öffnung erschien die Silhouette eines breitschultrigen, in schwarzes Eisen gepanzerten Kriegers. Hinter ihm bewegten sich andere Schatten. Wie Torian war der Mann mitten im Schritt stehengeblieben und glotzte die beiden Endringlinge aus ungläubig geweiteten Augen an.

Torian überwand seine Überraschung einen Sekundenbruchteil schneller als der andere. Mit einem gellenden Schrei sprang er vor, riß seine Waffe aus dem Gürtel und schlug mit aller Kraft zu. Die Schwertklinge traf mit der Breitseite auf den schwarzen Brustpanzer des Soldaten, schleuderte ihn zurück und ließ ihn gegen die hinter ihm stehenden Krieger taumeln.

Torian stürmte aus der Tür, noch bevor die Männer vollends zu Boden gegangen waren. Für einen Moment handelte er nicht mehr bewußt, sondern überließ sich ganz seinen Reflexen und den schon fast instinktiven Bewegungen, die er sich in einem langen Leben als Söldner antrainiert hatte. Es waren vier oder fünf – genau war das in dem Knäuel aus schwarzem Metall und durcheinanderwirbelnden Gliedern, in das sich die Soldaten verwandelt hatten, nicht zu erkennen –, und es schien, als hätten sie Glück im Unglück: Mit Ausnahme der Krieger, die sein überraschender Angriff zu Boden geworfen hatte, war der Hof leer. Torian setzte mit einem raschen Sprung über einen der Männer hinweg, drehte sich noch in der Luft und schlug ihm die flache Seite der Schwertklinge vor die Stirn. Der Mann verdrehte die Augen und lag dann still.

»Garth! Komm heraus, verdammt!« Er sprang zurück, suchte mit gespreizten Beinen nach festem Stand und trat nach einer Hand, die sich um sein Fußgelenk klammern wollte. Der Vorteil, den Garth und er hatten, würde nur wenige Sekunden anhalten. Er hatte nur einen der Krieger wirklich ausgeschaltet; die vier anderen kamen bereits wieder hoch, zogen ihre Waffen und begannen, ihn einzukreisen. Torian zerbiß einen Fluch auf den Lippen. Die Schwarzgekleideten waren geübte Kämpfer, keine Paradesoldaten, wie er nach der ersten Begegnung oben im Turm halbwegs angenommen hatte. Allein die Art, in der sie ihre Waffen hielten und sich mit raschen, geübten Bewegungen um ihn verteilten, verriet ihm, daß er es hier mit durchaus gleichwertigen Gegnern zu tun hatte.

»Gib auf!« befahl einer der Maskierten. Torian lachte, täuschte einen geraden Stich nach seinem Kopf an und wirbelte mitten in der Bewegung herum, um nach dem Krieger hinter sich zu treten. Sein Fuß traf das Knie des Mannes und brachte ihn aus dem Gleichgewicht; der Soldat fiel, versuchte aber nicht, seinen Sturz abzufangen, sondern wandelte die Bewegung im Gegenteil in eine blitzschnelle Rolle um, die ihn aus Torians Reichweite brachte. Gleichzeitig griffen die beiden anderen an. Torian sprang verzweifelt zur Seite, gewahrte eine Bewegung aus den Augenwinkeln und ließ sich fallen. Ein Schwert zischte einen Finger breit über seinem Kopf durch die Luft und trennte den Federbusch von seinem Helm. Er fiel, rollte sich auf den Rücken und trat nach den Füßen des Kriegers. Er traf nicht, aber der Mann sprang zurück, und Torian hatte für einen Sekundenbruchteil Luft. Mit einem federnden Satz kam er wieder auf die Füße, packte sein Schwert mit beiden Händen und schlug ungezielt um sich. Er hatte auf diese Weise kaum eine Chance, wirklich einen Treffer anzubringen, aber seine ungestümen Hiebe trieben die vier Schwarzgekleideten zurück und hinderten sie, ihn gleichzeitig und von verschiedenen Seiten anzugreifen.

Endlich tauchte auch Garth auf. Der Dieb hatte sein Schwert gezogen und brüllte aus Leibeskräften, aber Torian sah, daß er sich nur mit Mühe auf den Beinen halten konnte und kaum noch die Kraft hatte, das wuchtige Breitschwert zu schwingen. Einer seiner vier Gegner wirbelte herum, sprang Garth entgegen und trieb ihn mit ein paar blitzschnellen, wuchtigen Schlägen vor sich her.

Torian fluchte ungehemmt, blockte einen Schlag ab, der ihm glatt den Kopf von den Schultern getrennt hätte, und versetzte dem Soldaten einen Hieb mit der bloßen Faust, der ihn benommen zurücktaumeln ließ. Sofort griff ihn einer der beiden anderen Krieger an, aber diesmal verzichtete Torian darauf, den Schwertstreich abzuwehren. Statt dessen drehte er im letzten Moment den Oberkörper zur Seite und nahm bewußt in Kauf, daß die Klinge des anderen schmerzhaft über seine Rippen schrammte. Sie vermochte seinen Brustharnisch nicht zu durchdringen, aber allein die Kraft, mit welcher der Stich geführt gewesen war, trieb ihm die Luft aus den Lungen und die Tränen in die Augen.

Trotzdem reagierte er mit fast übermenschlicher Schnelligkeit. Sein Schwert traf die Waffenhand des anderen, zerschnitt den Handschuh und riß eine tiefe, blutende Wunde in seinen Handrücken. Der Mann schrie auf, ließ seine Waffe fallen und brach mit einem schmerzerfüllten Wimmern in die Knie.

Jeder andere hätte sich jetzt zu den beiden verbleibenden Kriegern umgewandt. Torian nicht. Mit einem entschlossenen Tritt schleuderte er den Mann vollends zu Boden, setzte über ihn hinweg und war mit zwei Schritten bei Garth.

Seine Hilfe kam um keinen Augenblick zu früh. Der Dieb war am Ende seiner Kräfte und kein ernstzunehmender Gegner mehr für den Krieger, der sich ihm entgegengeworfen hatte. Auf seinem geschundenen Gesicht schimmerte eine neue, gezackte Wunde, und die Hiebe, mit denen er die seines Gegners abwehrte, wurden zusehends schwächer.

Torian warf sich mit einem gellenden Schrei zwischen ihn und den Schwarzgekleideten, stieß Garth grob zurück und fing die Klinge des Kriegers noch in der Aufwärtsbewegung ab. Sein Schwert zuckte in einer komplizierten Kreisbewegung um das des anderen herum, riß seinen Arm bis über das Ellbogengelenk auf und traf krachend auf seinen Brustpanzer. Der Mann kippte lautlos zur Seite und rührte sich nicht mehr.

Aber schon waren die beiden anderen da. Und sie hatten aus der Art, in der Torian mit zwei von ihnen fertig geworden war, gelernt. Statt weiter abwechselnd auf ihn einzudringen, blieben sie außer Reichweite seiner Klinge, täuschten immer wieder Angriffe an und zogen sich blitzschnell zurück, wenn er versuchte, zu kontern. Allmählich bildete sich eine Art Rhythmus heraus – einer der Männer griff jeweils an, wenn er versuchte, den anderen zurückzutreiben, so daß er seinen Gegenangriff abbrechen und sich dem anderen Krieger zuwenden mußte – was wiederum dem ersten Gelegenheit gab, ihm in den Rücken zu fallen. Und langsam, ganz langsam, wurde der Takt dieses bizarren, tödlichen Tanzes schneller.

Torians Gedanken überschlugen sich. Er kannte diese Art zu kämpfen gut; nur zu gut. Und er wußte, daß er ihr nicht lange standhalten würde. Die Männer hatten begriffen, daß er ihnen überlegen war, und taten das einzig Richtige – sie versuchten, ihn zu zermürben.

Verzweifelt sah er über die Schulter zu Garth zurück. Aber der Dieb war an der Wand zu Boden gesunken und hockte vornübergebeugt auf den Knien, offensichtlich darum bemüht, nicht das Bewußtsein zu verlieren.

Der kurze Moment der Unaufmerksamkeit hätte ihn um ein Haar das Leben gekostet. Der Krieger zu seiner Rechten sprang mit einem gellenden Schrei vor und schlug nach seinem Kopf; gleichzeitig führte der andere einen geraden Stich zu seiner Kehle aus. Torian drehte sich blitzschnell zur Seite, wich dem Hieb um Haaresbreite aus, schlug das Schwert herab und griff gleichzeitig mit der bloßen Hand nach der Klinge, die nach seiner Kehle züngelte. Der rasiermesserscharf geschliffene Stahl schnitt grausam in seine Handfläche, aber die Bewegung überraschte den Mann auch so vollkommen, daß es Torian gelang, ihm die Waffe mit einem harten Ruck zu entreißen. Der Krieger krächzte, starrte betroffen auf seine plötzlich leeren Hände und brach in die Knie, als Torian ihm in den Leib trat. Gleichzeitig traf Torians Klinge den Oberschenkel des letzten Kriegers, zerschnitt den Panzer, der an dieser Stelle dünner war, und ließ ihn mit einem Schmerzensschrei zu Boden sinken.

Torian keuchte, taumelte gegen die Wand und blieb eine Sekunde lang schwer atmend stehen. Sein Herz jagte. Das Schwert in seiner Hand schien plötzlich Zentner zu wiegen, und er mußte all seine Willenskraft aufbieten, um es nicht fallen zu lassen. Wieder begann sich der Hof um ihn herum zu drehen, und wie immer nach einem Kampf spürte er erst jetzt, wie sehr ihn die wenigen Augenblicke angestrengt hatten. Mit zitternden Händen schob er das Schwert in den Gürtel zurück, torkelte zu Garth hinüber und sank neben ihm auf die Knie.

Garth sah auf. Sein Blick flackerte, und Torian las einen Ausdruck von Furcht darin, der ihn selbst schaudern ließ. Seine Lippen zitterten. »Ihr Götter…«, stammelte er. »Was… wie… wie hast du das gemacht?«

Torian ignorierte seine Worte. »Kannst du aufstehen?« fragte er den

Riesen hastig.

»Wer bist du?« keuchte Garth. »Du...« Er stockte, starrte Torian mit neu erwachendem Schrecken an und sog hörbar die Luft ein. »Torian...«, murmelte er. »Du... bist Torian, der –«

»Torian, der Tote, wenn wir nicht sofort von hier verschwinden«, fiel ihm Torian ungeduldig ins Wort. Gehetzt blickte er sich um. Der Hof war noch immer leer, aber es konnte nur noch Sekunden dauern, ehe weitere Krieger auftauchten. Der Kampf hatte nur wenige Augenblicke gedauert, aber sein Lärm mußte gehört worden sein. Unsanft zerrte er Garth auf die Füße, drückte ihm sein Schwert in die Hand und stieß ihn vor sich her auf die erstbeste Tür zu. Der Hof war wie der Turm in seinem Zentrum sechseckig angelegt, und in jeder seiner sechs Seitenwände gab es ein großes, geschlossenes Tor. Aber die Mauern waren nicht glatt, sondern durchbrochen von zahllosen kleinen und größeren Gebäuden, die mit ihrer Architektur verwachsen waren. Auf eines dieser Gebäude steuerte Torian zu. Selbst wenn es von dort keinen Weg nach draußen gab, wurden sie wenigstens nicht sofort gesehen, wenn hier der Teufel losbrach.

Torian versuchte erst gar nicht mehr, leise zu sein, sondern trat die Tür kurzentschlossen ein und setzte mit einem Sprung in den dahinterliegenden Raum. Er war leer, aber es gab eine Tür, die tiefer in das Gebäude hineinführte, und nur mit einem Vorhang verschlossen war. Torian warf sich mit einem federnden Satz hindurch, kam auf der anderen Seite mit einer eleganten Rolle wieder auf die Füße und drehte sich kampfbereit einmal um seine Achse.

Aber auch hier war keine Spur von Leben zu entdecken. Torian ließ erleichtert seine Waffe sinken, ging zur Tür zurück und gab Garth mit Gesten zu verstehen, daß er ihm folgen konnte. Hastig legte er den Zeigefinger auf die Lippen, deutete auf die schmale, geländerlose Treppe am Ende des Zimmers und dann nach oben. Garth nickte stumm, ließ sich erschöpft gegen die Wand sinken und lauschte einen Moment; ebenso wie er.

»Da scheint niemand zu sein«, murmelte Garth nach einer Weile. Etwas lauter fügte er hinzu: »Das Gebäude muß verlassen sein. Wäre jemand hier, dann hätte er den Kampflärm gehört.« Er nickte aufmunternd, gab sich einen sichtlichen Ruck und wollte auf die Treppe zugehen, aber Torian hielt ihn mit einem energischen Kopfschütteln zurück.

»Vielleicht hat er es gehört und wartet jetzt mit einem gespannten Bogen in der Hand auf den ersten, der die Treppe hinaufsteigt«, knurrte er. »Warte hier. Und paß auf, daß niemand kommt.«

»Und wenn doch?« fragte Garth dümmlich.

Torian verzichtete vorsichtshalber auf eine Antwort, deutete noch einmal bekräftigend auf die Tür und drang mit gezücktem Schwert tiefer in das Gebäude ein.

Das Haus erwies sich als größer, als es von außen den Anschein gehabt hatte – es gab gut ein Dutzend verschiedener Räume, allein auf dieser einen, unteren Ebene, und sie waren – wie der Turm, den sie durchsucht hatten – zwar durchaus wohnlich eingerichtet, vermochten ihren Festungscharakter aber doch nicht ganz zu verleugnen. Torian fand eine große Zahl von Lebensmitteln und Wasser – und Waffen. Sehr viele Waffen. Dieses steinerne Sechseck im Herzen der Stadt *war* eine Fluchtburg. Und sie machte ganz den Eindruck, als rechneten ihre Besitzer ernsthaft damit, sie in naher Zukunft benutzen zu müssen.

Was er nicht fand, war ein Ausgang. Die einzige Tür war die, durch die sie hereingekommen waren. Die rückwärtigen Mauern des Gebäudes waren fensterlos und aus metergroßen, beinahe fugenlos aufeinandergesetzten Felsquadern errichtet.

Enttäuscht kehrte er zu Garth zurück. Der Dieb sah ihm fragend entgegen, aber Torian schüttelte den Kopf, und Garth drang nicht weiter in ihn. Er hatte wohl auch nicht ernsthaft damit gerechnet, so leicht aus dieser Falle entkommen zu können.

»Und jetzt?«

Torian zuckte unentschlossen mit den Schultern. »Es gibt zwei Möglichkeiten«, sagte er. »Entweder zurück auf den Hof und durch eines der Tore – oder nach oben. Wahrscheinlich führt die Treppe auf den Wehrgang hinauf.«

Garth' Gesichtsausdruck nach zu schließen, gefiel ihm keine der beiden Möglichkeiten sonderlich. »Dort oben könnten Wachen sein«, entgegnete er.

Torian überlegte. Er konnte sich nicht erinnern, Posten gesehen zu haben, als er oben auf der Turmspitze gestanden hatte – was nicht bedeutete, daß es wirklich keine gab. Aber dieses Risiko mußten sie wohl eingehen.

Die Entscheidung wurde ihnen abgenommen. Vom Hof her drang plötzlich ein überraschter Schrei zu ihnen herein, dann hörten sie das harte Trappeln metallbeschlagener Stiefelsohlen. Torian stieß einen Fluch aus, fuhr herum und rannte die Treppe hinauf, ohne noch ein weiteres überflüssiges Wort zu verlieren.

Ein wütender Aufschrei erklang hinter ihnen, als sie die Tür am Ende der Treppe erreicht hatten. Torian sah hastig über die Schulter zurück und gewahrte gleich ein halbes Dutzend der schwarzgekleideten Krieger, die hinter ihnen in den Raum gestürmt kamen. Er fluchte, sprengte die schmale Holztür mit der Schulter auf und zwängte sich hindurch, ehe sie noch vollkommen nach innen geschwungen war. Hinter der Tür lag ein vielleicht zwanzig Schritte langer, fensterloser Gang, von dem zahlreiche Türen abzweigten. An seinem Ende waren die ersten Stufen einer weiteren Treppe zu erkennen. So, wie Torian angenommen hatte – die Treppe führte hinauf zur Mauerkrone.

Garth kam schweratmend hinter ihm herangeeilt, blieb stehen und sah einen Moment zu den Verfolgern zurück. Die Treppe dröhnte bereits unter ihren Schritten, und das Haus hallte wider von ihren wütenden Rufen und dem Klirren ihrer Rüstungen. Die Männer mußten bereits dicht hinter ihnen sein. Aber Garth machte keinerlei Anstalten, weiterzulaufen, sondern blieb reglos stehen und sah den Angreifern scheinbar gelassen entgegen.

Dann fuhr er mit einer Behendigkeit, die Torian einem Mann seiner Größe niemals zugetraut hätte – herum, packte die Tür und schmetterte sie mit aller Gewalt ins Schloß.

Ein gellender Schrei drang durch das dünne Holz, gefolgt von einem dumpfen Poltern und Krachen und neuerlichen Schreien. Metall knirschte, und eine dunkle Stimme begann zornig, Befehle zu brüllen.

Garth drehte sich um, grinste flüchtig und kam mit raschen Schritten hinter Torian her. »Das dürfte sie einen Moment aufhalten«, stellte er feixend fest.

»Ich hoffe, du hast niemanden umgebracht«, erwiderte Torian ernst. »Ich will keine Toten.«

»So?« Zwischen Garth' Brauen entstand eine tiefe Falte. »Aber ich fürchte, sie«, sagte er mit einer Kopfbewegung nach unten. »Zwei, um genau zu sein. Ich hoffe, ein paar haben sich die Hälse gebrochen. Dann habe ich wenigstens eine kleine Befriedigung, wenn ich zur Hölle fahre.«

Torian widersprach nicht mehr. Er hatte es bisher absichtlich vermieden, einen der Krieger zu töten. Aber jetzt war nicht die Zeit, mit Garth darüber zu streiten. Das konnten sie später. Wenn sie überhaupt noch einmal Gelegenheit bekamen, miteinander zu streiten.

Rasch durchquerten sie den Gang, liefen die Treppe hinauf und standen nach gut zwei Dutzend Stufen vor einer weiteren Tür. Als Torian den Riegel zurückschob, erscholl unter ihnen ein dumpfes Poltern und Krachen. Garth zog eine Grimasse.

Die Tür führte auf einen breiten, auf einer Seite von einer zinnengekrönten Brustwehr gesäumten Wehrgang hinaus, wie sie vermutet hatten. Aber Torian machte nur einen einzigen Schritt, ehe er abrupt stehenblieb, hörbar die Luft einsog und dann – sehr behutsam – sein Schwert zu Boden legte und die Hände weit vom Körper abspreizte. Garth folgte nach kurzem Zögern seinem Beispiel.

Sie waren vom Regen in die Traufe gekommen. Die Tür führte zwar auf die Mauerkrone hinaus, und soweit Torian erkennen konnte, war die Mauer an dieser Stelle nicht so hoch, daß ein Sprung in die Freiheit gänzlich unmöglich gewesen wäre; wenigstens für einen durchtrainierten Mann.

Aber es gab etwas, was entschieden dagegen sprach.

Die geschliffenen Metallspitzen eines halben Dutzends Pfeile, die auf ihn und Garth gerichtet waren.

Der Raum mußte tief unter der Erde liegen. Die Wände waren grau von Feuchtigkeit und Schimmelpilz, und an der Decke hatten Fackeln und Kohlefeuer ein Jahrhundert oder länger ihre Rußspuren hinterlassen. Die Luft war schlecht und roch nach Moder und Krankheit, und die fingerdicken Metallgitterstäbe, die die Kammer in zwei ungleiche Hälften unterteilten, waren von Rost zerfressen.

Torian hatte versucht, sich den Weg zu merken, aber die schwarzgekleideten Krieger, von denen Garth und er hier heruntergeschleift worden waren, hatten sie durch ein wahres Labyrinth fensterloser Korridore und Treppen geführt, so daß er schon nach wenigen Augenblicken die Orientierung verloren hatte. Seit einiger Zeit hörte er das Rauschen von Wasser, sehr weit entfernt und gedämpft, aber trotzdem deutlich.

Sein Kopf dröhnte, und seine Arme schmerzten schon jetzt von der unbequemen Haltung, in der er an die Wand gefesselt war. Die Krieger hatten Garth und ihn kurzerhand niedergeschlagen, um jede weitere Möglichkeit zur Flucht von vornherein auszuschließen. Er hatte das Bewußtsein zwar nicht verloren, war aber halb betäubt gewesen und konnte sich nur noch unklar an Einzelheiten erinnern. Garth schien es nicht viel besser zu ergehen – sein von der Verletzung ohnehin geschwächter Körper baumelte schlaff an den eisernen Ringen, mit denen er an die Wand gekettet war. Seine Augen standen einen Spaltbreit offen, aber Torian bezweifelte, daß er viel von seiner Umgebung wahrnahm. Speichel lief über sein Kinn und tropfte auf seine Brust herab.

Torian bewegte vorsichtig den Kopf hin und her und richtete sich ein wenig auf, so daß sein Körper nicht mehr allein von den Ketten gehalten wurde und die scharfkantigen Eisenringe weniger schmerzhaft in seine Handgelenke schnitten. Prüfend hob er die Arme. Trotz der Sorgfalt, mit der sie gebunden worden waren, konnte er Arme und Beine ein wenig bewegen und sich so eine – wenigstens einigermaßen – bequeme Position suchen. Allerdings waren die Ketten zu kurz, als daß er sich hätte setzen oder wenigstens hinhocken können. Er würde aufrecht an der Wand stehen oder allerhöchstens lehnen müssen; eine wenig erholsame Haltung. Aber er hatte das Gefühl, daß sie nicht so lange hier sein würden, als daß dies zu einem Problem werden könnte.

Garth bewegte stöhnend den Kopf. Ein schmerzhaftes Zucken lief über seine Züge. Aber er reagierte nicht, als Torian seinen Namen rief, sondern sank nach wenigen Augenblicken wieder schlaff in sich zusammen.

Torian sah ihn besorgt an. Die Männer hatten sie nicht heftig genug geschlagen, um sie ernsthaft zu verletzen; offensichtlich hatten sie großen Wert darauf gelegt, Garth und ihn lebend in die Hände zu bekommen. Aber der Dieb war schon vorher am Ende seiner Kraft gewesen. Das Geräusch harter Schritte drang in Torians Gedanken. Müde hob er den Kopf und blickte an den Soldaten, die jenseits des Gitters Aufstellung genommen hatten, vorbei. Ein Mann kam den Gang entlang, in mattes Schwarz und reißende Stacheln gekleidet wie die Krieger, denen sie bisher begegnet waren, aber barhäuptig und ohne sichtbare Bewaffnung. Auf seinem Brustpanzer schimmerte ein goldener, sechszackiger Stern, in dessen Zentrum ein stilisiertes Auge eingraviert war. Mit raschen Schritten näherte er sich der Zelle, blieb dicht vor den Gitterstäben stehen und musterte Garth und Torian einen Moment lang abschätzend. Auf seinen Zügen war nicht die geringste Regung abzulesen, aber der Blick seiner dunklen, tief in den Höhlen liegenden Augen war hart. Hinter ihm näherte sich ein zweiter Mann, anders als er, nicht mit einer Rüstung, sondern einem grauen, bodenlangen Gewand bekleidet. Torian hatte das flüchtige Gefühl, sein Gesicht schon einmal gesehen zu haben. Aber der Gedanke entschlüpfte ihm, ehe er sich darüber sicher war.

»Aufschließen«, befahl der Schwarzgekleidete knapp. Einer der Krieger zog einen schweren, eisernen Schlüssel unter seinem Umhang hervor, entriegelte das Schloß und öffnete die schmale Tür, die in das Gitter eingelassen war. Die Hast, mit der er dem Befehl nachkam, ließ darauf schließen, daß es sich bei dem Neuankömmling um eine sehr hochgestellte Persönlichkeit handeln mußte.

Der Mann näherte sich zuerst Garth, betrachtete ihn für die Dauer eines Atemzuges und trat dann auf Torian zu. Zwei seiner Soldaten begleiteten ihn wie stumme, tödliche Schatten.

»Sprichst du unsere Sprache?« fragte er knapp.

Torian rang sich ein gequältes Lächeln ab, obwohl ihm im Moment eher zum Heulen zumute war. »Nein«, antwortete er. »Aber du meine.«

Die linke Augenbraue des Mannes rutschte ein Stück nach oben. Seine Hand machte eine rasche, kaum sichtbare Bewegung.

Torian spannte sich, aber er nahm dem Hieb dadurch kaum etwas von seiner Wucht. Die behandschuhte Faust des Kriegers traf ihn mit grausamer Kraft am Mund, warf seinen Kopf zurück und gegen die Wand und ließ seine Unterlippe aufplatzen. Torian stöhnte. Vor seinen Augen tanzten plötzlich feuerfarbene Kreise.

»Verstehst du mich jetzt besser?« fragte der Mann ruhig.

Torian nickte schwach. »Ich... spreche deine Sprache«, stöhnte er.

Wieder hob einer der Krieger die Hand, aber der Mann hielt ihn mit einer raschen, befehlenden Geste zurück.

»Hüte deine Zunge, Garianer«, zischte der Krieger, der ihn geschlagen hatte. »Wenn du mit General Worn sprichst, hast du ihn mit Hoheit oder General anzureden.«

»Jawohl... Hoheit«, preßte Torian hervor. Er war nahe daran, nun wirklich das Bewußtsein zu verlieren, aber er wußte, daß das unter Umständen sein Todesurteil sein konnte. Worn schien kein sehr geduldiger oder nachsichtiger Mensch zu sein. Torian traute ihm durchaus zu, Garth und ihn kurzerhand aufhängen zu lassen, wenn er keine Antworten von ihnen bekam. Oder die falschen.

»Dann ist es gut«, nickte Worn. »Ich glaube, du bist ein ganz vernünftiger Mann. Wie ist dein Name?«

»Tor... Torian«, würgte Torian hervor. Er war kein Feigling, aber es war sinnlos, sich weiter von Worns Begleitern schlagen zu lassen. Sie würden ihn so oder so zum Reden zwingen, das wußte er. Er hatte immer zu den Männern gehört, die ihre Grenzen kannten.

»Torian«, wiederholte er halblaut. In seinem Mund war plötzlich bittere Galle, und er hatte das Gefühl, sich jeden Moment übergeben zu müssen. Prüfend fuhr er mit der Zungenspitze über seine Zähne. Sie schmerzten, waren aber nicht locker. Worns Männer schienen genau zu wissen, wie sie zuzuschlagen hatten.

»Torian«, richtete Worn das Wort an ihn. »Gut, Torian. Ich will es kurz machen. Du weißt, daß wir nicht viel Zeit haben. Eure Truppen

stehen vor der Stadt und werden wahrscheinlich noch im Laufe des Tages angreifen. Wenn du Wert darauf legst, dann noch am Leben zu sein, solltest du reden.«

»Ich... verstehe nicht«, murmelte Torian. »Was meinst... was meint Ihr?«

Diesmal sah er den Schlag kommen, aber der Schmerz war fast noch schlimmer als beim ersten Mal. Worn schüttelte mißbilligend den Kopf. Seine Augen wurden schmal.

»Sei vernünftig, Torian«, sagte er. »Ich will dich nicht anlügen – du und dein Freund, ihr werdet so oder so sterben, aber es liegt in eurer Hand, ob es ein rascher und schmerzloser Tod sein wird oder nicht.«

»Das ist... sehr großzügig«, krächzte Torian. »Aber ich fürchte, ich... kann Euch Eure Fragen nicht beantworten. Ich... habe keine Ahnung, was das für ein Heer ist, das vor Eurer Stadt liegt. Ich... weiß nicht einmal, was ein Garianer ist.«

Worn seufzte. »Du beleidigst mich, Torian«, beschuldigte er ihn. »Selbst meine größten Feinde halten mich nicht für einen Dummkopf. Euer Heer sammelt sich seit Wochen auf der Ebene, und wir haben bisher über hundert von euch bei dem Versuch getötet, sich heimlich in die Stadt zu schleichen. Und du willst mir einreden, daß es ein reiner Zufall ist, wenn zwei Fremde ausgerechnet am Tage des Angriffes in der Inneren Festung auftauchen?«

»Warum fragt Ihr überhaupt, wenn Ihr ohnehin glaubt, alles zu wissen?«

Worn lächelte, aber sein Blick verlor nichts von seiner Härte. »Es interessiert mich nicht, wer ihr seid«, antwortete er. »Es interessiert mich noch nicht einmal, *warum* ihr hier seid, Torian. Alles, was ich wissen möchte, ist, *wie* ihr es geschafft habt, in die Innere Festung einzudringen.«

»Das möchte ich auch gern wissen«, murmelte Torian.

Der Hieb raubte ihm beinahe das Bewußtsein. In seinem Mund war Blut, und als er nach Sekunden die Lider wieder hob, war sein linkes Auge für einen Moment blind.

»Sei kein Narr, Torian«, fuhr Worn ungerührt fort. »Du redest sowieso – entweder jetzt, oder nachher bei der Folter. Rechne nicht damit, daß dich deine Kameraden befreien. Selbst wenn es ihnen gelingen sollte, die Mauern zu stürmen, brauchen sie Tage dazu, wenn nicht Wochen. Eine lange Zeit, um zu sterben.«

Torian schluckte. »Aber ich... weiß es nicht«, keuchte er verzweifelt. »Ich schwöre es Euch, Worn! Ich weiß nichts von Eurem Krieg und schon gar nichts von dem Heer, von dem Ihr sprecht.«

Worn seufzte resignierend, und Torian fuhr hastig fort: »Garth und ich sind... wir sind gegen unseren Willen hier. Wir... wir wollten die Wüste durchqueren, und... es muß Zauberei im Spiel gewesen sein, oder ein Fluch...« Er brach ab, als er sah, wie sich der Ausdruck auf Worns Zügen verfinsterte. Sein Blick suchte den graugekleideten Alten, der auf der anderen Seite des Gitters stehengeblieben war, und für einen Moment glaubte er ein spöttisches Glitzern in dessen Augen wahrzunehmen.

»Es tut mir leid, Torian«, sagte Worn leise. »Glaube mir – ich quäle niemanden gern, aber du läßt mir keine andere Wahl. Du wirst bei der Folter reden oder sterben. Aber es wird ein sehr, sehr langsamer Tod sein.«

»Aber ich weiß nichts!« schrie Torian. Verzweifelt bäumte er sich auf, aber die fingerdicken Ketten, mit denen er gebunden war, machten jede größere Bewegung unmöglich. »Glaubt mir doch! Wir suchten in den Ruinen Schutz vor der Sonne, und –«

»Das reicht«, unterbrach ihn Worn. »Ich gebe dir eine Stunde, deine Meinung zu ändern. Redest du dann nicht, übergebe ich dich unserem Foltermeister.« Er fuhr herum, verließ ohne ein weiteres Wort die Zelle und verschwand mit weit ausgreifenden Schritten. Mit Ausnahme eines einzelnen Mannes folgten ihm sämtliche Krieger.

Torian starrte ihm verzweifelt nach. Er wußte, daß Worn ihm nicht glaubte – ihm gar nicht glauben konnte, so wie die Dinge standen –, und gerade dieses Wissen steigerte seine Verzweiflung noch. Er selbst hätte an Worns Stelle kaum anders gehandelt.

»Du bist ein Narr, Garianer«, wandte sich der zurückgebliebene Krieger an ihn. Er hatte seinen Helm abgesetzt und neben sich auf den Boden gelegt, und auf seinen Zügen lag ein fast mitfühlender Ausdruck. Er war sehr jung, fast noch ein Knabe. Aber der Mann, den er in der Turmruine getötet hatte, war auch nicht viel älter gewesen, erinnerte sich Torian. »Wißt ihr so wenig über General Worn, daß du seine Drohung nicht ernst nimmst?« Er lachte. »Er ist kein grausamer Mann, aber er wird dich in Fetzen schneiden lassen, wenn du nicht redest – bei lebendigem Leibe. Glaubst du wirklich, die garianische Union wäre das wert?«

»Nein«, antwortete Torian schleppend. »Weil ich nicht weiß, was die garianische Union ist.«

Der Mann seufzte. »Wie du willst. Ich bin sicher, es wird dir einfallen, wenn du auf der Folterbank liegst.«

»Warum hältst du nicht endlich die Schnauze und gehst deinem General nach, um ihm die Stiefel zu lecken?« fragte Garth halblaut.

Der Soldat erbleichte. Ein keuchender, halberstickter Laut entrang sich seinen Lippen, während er sich langsam herumdrehte und Garth anstarrte. »Du...«

»Hör lieber auf zu reden und verschwinde«, forderte Garth ihn in fast freundlichem Ton auf. Sein Gesicht war noch immer grau vor Schmerz und Schwäche, aber seine Augen waren wieder klar. »Oder dreh dich wenigstens aus dem Wind. Du stinkst wie die Pest. Wascht ihr euch eigentlich nie?«

»Noch ein Wort, und –«

»Und?« machte Garth freundlich. »Gehst du dann zu deinem General und küßt ihm den Hintern sauber, während du dich über mich beschwerst?«

Zwei, drei Sekunden starrte der Krieger Garth wortlos an. Dann riß er mit einem wütenden Schrei die Zellentür auf, war mit einem einzigen gewaltigen Schritt bei ihm und schlug ihm mit aller Kraft ins Gesicht. Sein metallbesetzter Handschuh riß Garth die Wange auf und hinterließ einen neuen, blutenden Kratzer. Garth stöhnte, drehte den Kopf zur Seite und spuckte den Krieger an.

Der Mann begann fast hysterisch zu schreien. Seine Fäuste trafen Garth mit gnadenloser Kraft an Kopf und Brust, immer und immer wieder. Garth bäumte sich auf und versuchte das Gesicht wegzudrehen, um den unbarmherzig auf ihn niederprasselnden Schlägen zu entgehen, aber seine verzweifelten Bewegungen schienen die Wut des anderen nur noch zu steigern.

Vielleicht hätte er ihn totgeschlagen, würde ihn nicht in diesem Moment eine scharfe Stimme aus dem Gang zurückgerufen haben. »Lodar! Was geht da vor?«

Der Krieger ließ die Fäuste sinken, fuhr mit einem wütenden Knurren herum und funkelte den Neuankömmling herausfordernd an.

»Was geht das dich an?« zischte er. »Der Kerl hat mich herausgefordert, also misch dich nicht ein und verschwinde, Gemered!«

»Es wäre aber besser, wenn du aufhörst«, erwiderte der andere ungerührt. »Oder möchtest du statt seiner auf der Folterbank liegen, wenn du ihn versehentlich totschlägst?«

Lodar zuckte sichtlich zusammen. »Einen solchen Riesen schlägt man nicht aus Versehen tot«, erklärte er trotzig. Aber der erschrokkene Ausdruck in seinen Augen blieb. Einen Moment lang starrte er Garth noch haßerfüllt an, dann wandte er sich mit einem Ruck um, stapfte aus der Zelle und warf die Tür wütend hinter sich ins Schloß.

»Komm mit«, fuhr der andere fort, nachdem Lodar seinen Helm aufgenommen und wieder übergestülpt hatte.

Lodar grunzte ärgerlich. »Ich muß hierbleiben«, schnappte er. »Befehl vom General.«

»Der schickt mich ja gerade«, seufzte sein Kamerad. »Die beiden werden kaum ihre Ketten durchreißen und das Gitter verbiegen. Wir brauchen jeden Mann oben auf der Mauer. Es geht los.«

»Sie... greifen an?« Die Furcht in Lodars Stimme war unüberhörbar.

»Ja. Ihre Reiterei ist in spätestens einer Stunde hier. Komm.«

Lodar zögerte noch immer, wandte sich dann aber – nach einem letzten, wutsprühenden Blick in Garth' Richtung – doch um und folgte seinem Kameraden. Ihre Schritte verklangen auf dem nackten Fels des Bodens.

Torian wartete, bis er ganz sicher sein konnte, daß die beiden Soldaten nicht mehr in Hörweite waren, ehe er mühsam den Kopf drehte und Garth ansah. Der Dieb hing schlaff in seinen Fesseln. Sein Gesicht war geschwollen und über und über mit Blut beschmiert, und sein Blick wirkte leicht glasig. Aber seine Augen standen offen, und er war wach.

»Wie lange bist du schon bei Bewußtsein?« fragte er.

Garth stöhnte, spuckte Blut und ein Stück eines abgebrochenen Zahnes auf den Boden und versuchte sich aufzurichten. Seine Knie gaben unter dem Gewicht seines Körpers nach, und er sank abermals schlaff in seine Fesseln.

»Lange... genug«, versetzte er stockend. »Jedenfalls lange genug, um zu hören, was dieser sogenannte General gesagt hat. Aber ich hielt es für besser, mich schlafend zu stellen.« Er lachte, leise und röchelnd. Das Geräusch jagte Torian einen eisigen Schauer über den Rücken. »Ich dachte mir, es reicht, wenn einer von uns Prügel bekommt.«

»So? Und warum bettelst du dann so aufdringlich darum?«

Garth versuchte erneut, sich aufzurichten, und diesmal gelang es ihm. Schwer atmend lehnte er sich gegen die Wand und begann die Arme zu bewegen. »Ich habe nicht um Schläge gebettelt«, belehrte er ihn. Seine Hände bewegten sich auf fast unmögliche Weise, und plötzlich – ohne daß Torian sagen konnte, wie – war seine rechte Hand frei, der fingerdicke Eisenring, der sein Gelenk bisher umspannt hatte, leer.

»Was ich haben wollte«, fuhr Garth mit einem verzerrten, aber deutlich triumphierenden Lächeln fort, »war *das* hier.«

Torian glotzte ungläubig auf den kleinen Schlüssel, der plötzlich in Garth' Hand lag. »Wie... wie hast du das gemacht?« keuchte er.

Garth grinste schmerzlich, öffnete rasch nacheinander auch die zweite Handschelle und die beiden Ringe, die seine Fußgelenke fesselten, und kam taumelnd auf Torian zu. »Ich glaube dir ja gerne, daß du der größte Krieger bist, der jemals unter der Sonne gelebt hat«, sagte er, während er bereits vor Torian niederkniete und sich an seinen Fußfesseln zu schaffen machte. »Aber du solltest mir auch glauben, daß ich der beste Dieb bin, dem du je begegnet bist.«

Torian starrte ihn noch immer fassungslos an, als die letzte Fessel klirrend zu Boden fiel. Plötzlich schwankte er. Jetzt, als er nicht mehr von den Ketten gehalten wurde, spürte er die Schwäche erst richtig. Er wäre gestürzt, wenn Garth ihn nicht aufgefangen hätte.

»Ich... ich habe nichts bemerkt«, murmelte er.

Garth grinste. »Das ist auch gut so. Und jetzt frag mich nicht, wie ich es gemacht habe – ich verrate meine Berufsgeheimnisse nicht.« Er wurde übergangslos ernst. »Was tun wir jetzt? Versuchen wir die Stadt zu verlassen, oder verstecken wir uns?«

Torian massierte seine schmerzenden Gelenke. »Weder das eine noch das andere«, entschied er. Garth blinzelte verwirrt, und Torian fuhr fort: »Sie würden uns in ein paar Stunden wieder fangen, wenn wir in der Stadt blieben. Und ich habe keine Lust, Worns Foltermeister kennenzulernen.«

»Also fliehen wir«, nickte Garth. »Während des Angriffs müßte es möglich sein –«

»Mitten in eine Schlacht zu geraten oder von den anderen als Spione gefangen zu werden«, fiel ihm Torian ins Wort. »Glaubst du, ich habe Lust, das Gegenstück von General Worn auf der anderen Seite kennenzulernen?«

Garth schluckte ein paarmal. Der Gedanke, daß es ihnen, sollten sie die Stadt verlassen und den Belagerern in die Hände fallen, kaum besser ergehen würde als hier, schien ihm bisher noch nicht gekommen zu sein. Sie waren Fremde, für beide Seiten, und in Kriegszeiten waren Fremde automatisch Feinde. »Und was ... hast du vor?« fragte er stokkend.

Torian deutete mit einer vagen Geste nach vorne. »Ich weiß es nicht«, gestand er. »Zuerst einmal hier heraus. Und dann ...«

»Dann?«

Torian zuckte mit den Achseln, näherte sich dem Gitter und streckte fordernd die Hand aus. Garth reichte ihm den Schlüssel und sah zu, wie er die Arme durch das Gitter zwängte und umständlich den Schlüssel von der anderen Seite ins Schloß zu stecken versuchte.

»Zuerst einmal hier heraus«, wiederholte er. »Der Rest findet sich.« Das Schloß sprang mit einem hörbaren Klicken auf. Torian öffnete die Gittertür, trat in den Gang hinaus und spähte mißtrauisch nach vorne. Aber sie waren allein. Der bevorstehende Angriff verschaffte ihnen wenigstens für den Moment Ruhe.

Aber Worn würde wiederkommen. In spätestens einer Stunde.

»Komm«, sagte er. »Weg hier.«

Auf dem Weg nach oben begegnete ihnen niemand. Das Labyrinth unterirdischer Katakomben und Stollen, das Rador wie eine Stadt unter der Stadt durchzog, schien ausgestorben zu sein, und mehr als einmal hatte Torian ernsthaft Angst, sich in den endlosen finsteren Gängen zu verirren und nie wieder das Tageslicht zu sehen. Zwei oder dreimal vernahmen sie Stimmen, und einmal hörten sie in geringer Entfernung die Schritte einer ganzen Abteilung der schwergepanzerten Krieger, aber jedesmal konnten sie rechtzeitig in einen Quergang ausweichen oder sich in einen Schatten ducken, so daß sie nicht entdeckt wurden.

Sie brauchten fast eine Stunde, um die Oberfläche zu erreichen. Torian war mit seinen Kräften vollkommen am Ende, als er endlich die letzte einer Million Treppenstufen – wie es ihm vorkam – hinauftaumelte und in einem winzigen, unmöblierten Raum stand, durch dessen verschlossene Fensterläden helles Tageslicht hereinsickerte. Garth kroch die Treppe hinter ihm mehr hinauf, als er ging, und sein Gesicht war bleich wie das eines Toten. Sein Umhang hatte sich über der Schulter dunkel gefärbt. Die Wunde mußte wieder aufgebrochen sein.

»Ich... kann nicht mehr«, keuchte er. »Wir müssen... ausruhen. Nur... einen Moment.«

Torian schüttelte entschieden den Kopf, trat ans Fenster und versuchte, durch einen Spalt in den Läden hinauszuspähen.

Viel war es nicht, was er erkennen konnte: ein winziger Ausschnitt einer Straße, ein Teil des gegenüberliegenden Hauses, Menschen, die vorüberhasteten. Aufgeregte Stimmen drangen an sein Ohr, irgendwo donnerte das metallische Stakkato von Pferdehufen über das Pflaster, jemand schrie, hoch und hysterisch. Die Stadt war in Aufruhr.

»Das geht nicht«, erklärte er bedauernd. »Wenn du dich jetzt hinlegst, stehst du nie wieder auf, Garth. Außerdem wird Worn jetzt wahrscheinlich schon wissen, daß wir geflohen sind. Sie werden jeden Stein in der Stadt umdrehen, um uns wieder einzufangen.«

Garth nickte müde, stemmte sich in eine halb sitzende Position hoch und blinzelte zum Fenster. Sein linkes Auge war zugeschwollen. »Was siehst du?«

»Nichts Besonderes«, antwortete Torian. »Es sind sehr viele Menschen auf der Straße.« Er lächelte flüchtig. »Ihre Kleidung gefällt mir.«
Garth starrte ihn an, als zweifle er an seinem Verstand.

»Sie scheinen eine Vorliebe für kräftige Farben zu haben«, fuhr Torian mit einer Geste auf seinen und Garth' grellroten Umhang fort. »Wir werden kaum auffallen. Wenn wir uns unter die Bevölkerung mischen, kann Worn suchen, bis er schwarz wie seine Rüstung ist.«

Garth stemmte sich mühsam hoch, griff sich an den Kopf und fluchte leise. »Ich hoffe, die Garianer hacken ihn und seinen Prügelknecht in Stücke«, murmelte er. »Wer immer sie sind.«

Torian ging zur Tür und legte die Hand auf die Klinke. Sie bewegte sich quietschend; die Tür öffnete sich ein Stück, und ein dreieckiger Fleck goldenen Sonnenlichtes breitete sich um seine Füße aus.

»Alles in Ordnung«, flüsterte er nach einem prüfenden Blick auf die Straße. »Wir können hinaus.« Er sah Garth an, runzelte die Stirn und fügte hinzu: »Wisch dir das Gesicht ab. Du erweckst Aufsehen.«

Garth gehorchte schweigend. Torian sah ihm einen Moment zu, trat kopfschüttelnd neben ihn und half ihm, mit einem Zipfel seines Umhanges und reichlich Spucke, das eingetrocknete Blut von seinen Gesichtszügen zu entfernen. Es ging nicht sehr gut, und das Ergebnis stellte ihn alles andere als zufrieden, aber er hoffte, daß in dem allgemeinen Aufruhr, der in den Straßen Radors herrschte, niemand die Zeit fand, sich die Gesichter der beiden Fremden genauer anzusehen.

Garth taumelte, als Torian ihn in Richtung Tür schob. »Warum... läßt du mich nicht hier, Torian?« fragte er mühsam. »Ich... schaffe es nicht. Ich bin nur eine Last für dich.«

»Red keinen Unsinn«, schnappte Torian grob.

»Ich meine es ernst«, beharrte Garth. »Allein hättest du vielleicht eine Chance. Mit mir zusammen –«

»Wir sind zu zweit hierhergekommen, und wir werden zu zweit gehen«, unterbrach ihn Torian. »Oder gar nicht.«

»Gehen?« Garth versuchte zu lachen, aber es mißlang kläglich. »Wohin denn?«

Statt einer Antwort drehte sich Torian herum, öffnete die Tür und versetzte Garth einen Stoß, der ihn auf die Straße taumeln ließ.

Über der Stadt lag Angst wie eine unsichtbare, erstickende Wolke.

Die Straße war von Hunderten von Menschen bevölkert, Männern und Frauen, deren Gesichter gezeichnet waren von Furcht; Verzweiflung, die mit Hoffnungslosigkeit gepaart war. Einen Moment lang fragte sich Torian, wohin sie wollten – Rador war belagert, und es gab keinen Ort, an den sie hätten fliehen können. Aber er begriff auch, was sie aus ihren Häusern getrieben hatte. Er hatte die schleichende Furcht, welche die Moral einer belagerten Stadt zermürbte, mehr als einmal selbst kennengelernt.

Eine Weile ließen sie sich einfach von der Menge mittreiben, ohne eine bestimmte Richtung einzuhalten oder ein Ziel zu haben. Dann erreichten sie eine Stelle, an der die Häuser etwas weniger hoch waren als normal, und Garth deutete stumm auf den schwarzen, sechseckigen Schatten, der sich über das Zentrum der Stadt erhob wie ein finsteres Fanal.

Garth blieb stehen: »Dorthin zurück?« fragte er. Ein Mann stieß ihn von hinten an, Garth taumelte, schluckte im letzten Moment einen Schmerzlaut herunter und senkte hastig den Blick, als der Mann eine Entschuldigung murmelte.

Torian sah sich unschlüssig um. Natürlich war Garth' Frage nicht ernst gemeint; die Innere Festung wäre wohl der letzte Ort, an den er freiwillig zurückkehren würde. Es gefiel ihm schon nicht, daß sie sich so nahe an dem schwarzen Bollwerk aufhielten. Worns Soldaten würden sie suchen wie die berühmte Stecknadel im Heuhaufen, und je weiter sie sich der Inneren Festung näherten, desto größer wurde die Gefahr, daß sie schon durch einen reinen Zufall entdeckt wurden.

Als wären seine Gedanken ein Stichwort gewesen, entstand plötzlich am unteren Ende der Gasse lautstarke Unruhe. Ein paar Männer begannen zu schreien, eine Peitsche knallte, und ein Pferd wieherte nervös. Über den Köpfen der Menge erschienen die schwarzen, stachelbewehrten Helme von Soldaten. Wieder knallte die Peitsche, und diesmal erscholl wie ein bizarres Echo ein gellender Schmerzensschrei.

»Verdammt, was ist da vorne los?« murmelte Garth.

»Sie... sperren die Straße«, antwortete Torian. Er konnte nicht genau erkennen, was sich vor ihnen abspielte – die Straße war nicht sehr breit, aber sie war nahezu überfüllt von Menschen, und jetzt, als der

Weg mit einem Male blockiert war, begann sich die Menge rasch zu stauen. Noch ein paar Augenblicke, dachte er erschrocken, und sie würden in der Menschenmasse eingekeilt sein und sich weder vor- noch zurückbewegen können.

»Laß uns hier verschwinden«, riet er. »Die Sache gefällt mir nicht.«

Garth grunzte eine Antwort, die er nicht verstand, drehte sich herum – und erstarrte.

Auch der Rückweg war ihnen verwehrt. Am hinteren Ende der Gasse war eine zweite Gruppe schwarzgekleideter Reiter aufgetaucht; ein gutes Dutzend großer, mit Schilden, Schwertern und langen, mit sichelförmigen Spitzen versehenen Spießen bewaffneter Männer, die rasch und routiniert die Gasse absperrten.

»Verdammt!« keuchte Garth. »Das gilt uns, Torian!«

Torian nickte. Man mußte nicht gerade Hellseher sein, um zu erkennen, daß Garth' Vermutung zutraf. General Worn hatte noch schneller reagiert, als er befürchtet hatte. Und umfassender. Torians Gedanken überschlugen sich. Für einen kurzen Moment drohte ihn Panik zu übermannen, und für die gleiche Zeitspanne mußte er mit aller Macht den Impuls niederkämpfen, einfach herumzufahren und loszurennen, um sich den Weg freizukämpfen.

»Wahrscheinlich durchsuchen sie die ganze Stadt«, flüsterte er. »Dieser Worn scheint mehr Angst vor uns zu haben, als ich dachte.« Er sah sich um. Die Menge begann unruhig zu werden, hin und her zu wogen wie eine lebendige Woge aus Fleisch und buntem Stoff, und vor den beiden plötzlich aufgetauchten Sperren begann immer wieder Tumult loszubrechen. Noch nahm niemand Notiz von ihnen.

Aber Torian sah auch, wie die Reiter damit anfingen, die Männer einen nach dem anderen in Augenschein zu nehmen. Sie würden jeden einzelnen auf dieser Straße kontrollieren, ganz egal, wie lange es dauerte. Und wahrscheinlich spielten sich jetzt überall in der Stadt ähnliche Szenen ab.

Torians Hand kroch zum Gürtel. Aber das Schwert, das sie suchte, war nicht da.

»Sieht so aus, als hätten sie uns«, murmelte Garth. Seine Stimme klang ganz ruhig, beinahe unbeteiligt, aber als Torian den Blick wandte, sah er, daß sein Gesicht grau vor Schrecken – und wohl auch

Schmerz – war.

Torian nickte abgehackt. Ihre Lage schien wirklich aussichtslos. Selbst wenn sie Waffen gehabt hätten und Garth nicht verwundet gewesen wäre, hätte es für sie keine Chance gegen ein Dutzend Bewaffnete gegeben.

Jemand berührte ihn am Ellbogen. Torian fuhr zusammen, wirbelte herum und spannte sich, instinktiv darauf gefaßt, in eine schwarze Metallmaske zu blicken.

Aber hinter ihm stand keiner von Worns Häschern, sondern ein Mädchen. Es war in der typischen Art der Rador-Bewohner gekleidet – einen langen, schreiend bunten Rock, dazu eine Bluse in der unpassendsten Farbe, die sich Torian vorstellen konnte, und ein Kopftuch, das kunstvoll zu eine Art Turban gewickelt war und tief bis in ihre Stirn reichte. Sein Gesicht war schmal und blaß, und in den Augen schimmerte eine Mischung aus Furcht, Verzweiflung und einer sonderbaren Art von Hoffnung, die sich Torian nicht erklären konnte.

»*Kmels?*« fragte das Mädchen. »*Wokosh ŕe kmels?*« Seine Stimme klang holprig und mühsam, als versuche es, in einer Sprache zu reden, die seiner Zunge fremd war.

Torian sah das junge Ding fragend an und lächelte, so freundlich, wie es ihm im Moment möglich war. Der Reaktion auf dem Gesicht des Mädchens nach zu schließen, gelang es ihm nicht sonderlich gut. »Es... tut mir leid«, sagte er stockend. »Aber ich verstehe dich nicht.«

Ein gleichermaßen erschrockener wie befreiter Ausdruck huschte über die Züge des Mädchens. »Oh«, meinte es. »Ihr sprecht unsere Sprache. Das ist gut.«

Torian blinzelte. »Warum sollten wir sie nicht sprechen?« fragte er, nach einem raschen Seitenblick zu Garth. »Wir –«

»Ihr seid die beiden, die sie suchen, nicht?« unterbrach ihn das Mädchen. Es lächelte – ein flüchtiges, gezwungenes Lächeln, das seine Furcht mehr verdeutlichte als alles andere – sah sich mit einem gehetzten Blick nach beiden Seiten um und fuhr, leiser und in einem Verschwörerton, der unter anderen Umständen lächerlich gewirkt hätte, fort: »Ihr braucht keine Angst zu haben. Mein Name ist Yora, und ich stehe auf eurer Seite. Ich... ich helfe euch, wenn ihr mir helft.«

»Ich verstehe nicht, wovon du redest, Yora«, erwiderte Torian.

»Wir —«

»Bitte!« unterbrach ihn Yora. »Uns bleibt nicht viel Zeit. Sie kontrollieren jeden, überall in der Stadt.« Wieder blickte sie gehetzt die Straße hinab. Der Tumult, der für einen Moment losgebrochen war, hatte sich gelegt, und die Männer und Frauen begannen, langsam, und in geordneten Zweierreihen, durch die Lücke zu gehen, welche die Krieger für sie freiließen. Es würde nicht mehr lange dauern, bis auch Garth und Torian an der Reihe waren.

»Gut«, sagte er entschlossen. »Bring uns hier raus, und wir werden uns anhören, was du willst.«

Yora nickte, drehte sich herum und deutete mit einer Kopfbewegung auf eine Lücke zwischen zwei Häusern auf der gegenüberliegenden Straßenseite.

»Bist du verrückt geworden?« zischte Garth, als sie dem Mädchen folgten und sich hinter ihm einen Weg durch die Menge bahnten. »Was willst du ihm erzählen? Wofür es uns auch hält – wir *sind es nicht, Torian*.«

»Ich weiß«, antwortete Torian ungeduldig. »Aber es bringt uns hier heraus, Garth. Oder willst du warten, bis die Soldaten auf uns aufmerksam geworden sind? Worn wird sich sicher freuen, dich wiederzusehen.«

Garth blickte irritiert zu den Kriegern am Ende der Straße hinab und zog es vor, nicht darauf zu antworten.

Es war keine wirkliche Gasse, sondern nur ein schmaler Spalt zwischen zwei Häusern, der nach wenigen Schritten vor einer gemauerten Wand endete, die mehr als zwanzig Fuß weit lotrecht in die Höhe strebte. Unrat und Abfälle stapelten sich am Fuße der Wand; der Boden war schlammig, und ein stechender Geruch schlug Torian und Garth entgegen, als sie dem Mädchen folgten.

Yora schaute noch einmal mit dem gleichen, gehetzten Blick, mit dem sie zu den Soldaten hinübergesehen hatte, zurück, ließ sich ohne ein weiteres Wort auf die Knie sinken und stemmte ächzend eine dreckverkrustete Kiste beiseite, die schräg und wie zufällig an der Mauer lehnte. Dahinter kam ein halbhohes, roh in die Ziegelwand gebrochenes Loch zum Vorschein.

»Schnell jetzt«, forderte sie. »Wir müssen uns beeilen. Die anderen warten.«

»Welche anderen?« fragte Garth mißtrauisch.

Torian warf ihm einen warnenden Blick zu, ließ sich in die Hocke sinken und kroch hinter dem Mädchen durch die Öffnung. Seine Schultern schrammten schmerzhaft über scharfkantigen Stein, und unter seinen Händen und Knien war plötzlich klebriger Morast, und der Abortgestank wurde stärker. Das Loch mußte in die Kanalisation hinabführen.

Torian drängte den Ekel zurück, der in ihm aufsteigen wollte, und kroch hastig hinter dem Mädchen her. Der Gang war in vollständige Dunkelheit getaucht, aber durch die Öffnung in der Wand fiel blasses Licht, so daß er seine Gestalt noch als schemenhaften Umriß erkennen konnte. Yora stand wenige Schritte vor ihm, gebeugt, und gestikulierte ungeduldig mit den Händen. Torian kroch hastig weiter, richtete sich vorsichtig auf, als er neben ihr war, und hob die Hand über den Kopf. Der Gang war hier höher, so daß er wenigstens halbwegs aufrecht stehen konnte, und als er einen Schritt machte, versank er bis über die Knöchel in warmer, klebriger Flüssigkeit, über deren Art er lieber nicht nachdachte.

»Zieh die Kiste wieder vor das Loch«, sagte Yora, als Garth – schnaubend und umständlich und ununterbrochen leise vor sich hinfluchend – seine breiten Schultern durch die Öffnung zu zwängen versuchte. Torian beobachtete ihn mit einer Mischung aus mühsam zurückgehaltener Erheiterung und Sorge. Garth steckte in der Wand wie ein Korken im Flaschenhals und kämpfte sich nur mit äußerster Kraft voran, aber der Anblick war nicht ganz so lustig, wie es im ersten Moment schien. Garth war vielleicht der stärkste Mann, dem Torian jemals begegnet war, aber die Wunde an seiner Schulter hätte einen Schwächeren auch schon vor Tagen umgebracht.

Es schien Stunden zu dauern, bis der Dieb sich durch den Mauerdurchbruch gezwängt und herumgedreht hatte, um den Kistendeckel wieder vor die Öffnung zu ziehen. Einer eingehenden Untersuchung würde diese Tarnung kaum standhalten, das wußte Torian; aber es würde auch noch eine Weile dauern, bis die Soldaten die Straße so weit geräumt hatten, daß sie darangehen konnten, wirklich nach ihnen zu *suchen*.

»Und jetzt?« fragte er, als Garth endlich bei ihnen angekommen war, sich aufrichtete und prompt mit dem Schädel gegen die niedrige Decke stieß.

Yora deutete mit einer vagen Geste hinter sich. Es war auch jetzt noch nicht vollends dunkel: An den Wänden und der Decke wucherten Schimmel und Moder, die einen schwachen, grauweißen Lichtschein verströmten, und irgendwo, sehr weit vor ihnen, war ein münzgroßer Fleck gelblichen, flackernden Lichtes. Ein sanfter Luftzug trug mehr Fäulnisgestank heran. Sie *waren* in der Kanalisation.

»Die anderen warten dort hinten«, erklärte Yora. »Kommt.« Sie wollte sich umdrehen und gehen, aber diesmal hielt sie Torian mit einem blitzschnellen Griff fest.

»Nicht so rasch«, sagte er. Seine Stimme hallte dumpf in der höhlenartigen Akustik des Ganges wider, und er spürte, wie sich Yora unter seinem Griff wand; ihr schmales Handgelenk knirschte spürbar unter seinen Fingern. Er mußte ihr weh tun. Aber er lockerte seinen Griff nicht, sondern zog sie im Gegenteil noch ein Stück näher an sich heran.

»Zuerst habe ich ein paar Fragen an dich«, begann er.

Yora versuchte, ihren Arm loszureißen. »Bitte, Herr«, stöhnte sie. »Ihr tut mir weh, und wir müssen weg. Die Soldaten werden uns finden.«

»So schnell sind sie nicht hier«, antwortete Torian, lockerte seinen Griff aber nun doch ein wenig, ließ aber noch immer nicht ganz los. »Also, Yora – was willst du von uns, und wer sind diese anderen, die auf uns warten?«

Einen Moment lang wehrte sich das Mädchen noch, dann schien es zu begreifen, wie sinnlos seine Gegenwehr war, und hörte auf, an seinem Arm zu zerren. »Ihr seid die garianischen Spione, hinter denen sie her sind«, sagte sie. »Die Soldaten durchkämmen die ganze Stadt und suchen jedes Haus nach euch ab.«

»Sind wir das?« fragte Garth. Torian winkte ihm unwillig mit der freien Hand zu, zu schweigen.

»Und wenn?« fragte er lauernd. »Wäre es so, dann wären wir eure Feinde, nicht? Warum helft ihr uns dann?«

»Weil wir hinaus wollen«, antwortete Yora. »Ihr allein habt keine Chance, Worns Kriegern zu entkommen. Sie besetzen jeden Ausgang, und er hat die Wachen an den Schlupftoren verdreifachen lassen. Wir... können euch helfen.«

Torian schwieg einen Moment. Die Stimme des Mädchens bebte und schien kurz davorzustehen, vollends zu brechen. Er spürte, wie ihr Körper unter seinen Händen zu zittern begann; sie weinte lautlos vor Angst.

»Aber ihr wollt, daß wir euch mitnehmen, nicht?« fragte er. »Dich und die anderen, die dort vorne auf uns warten.«

Yora nickte. »Ja. Wir... wir wollten die Stadt verlassen, aber sie haben alle Tore gesperrt, und die Garianer töten jeden, der ihnen in die Hände fällt. Wir... wir haben von euch gehört, und Gwayroth hat uns ausgeschickt, um nach euch zu suchen. Ich glaube... ihr habt... ich...« Sie begann zu stammeln, schluchzte plötzlich trocken und mehrmals hintereinander und weinte dann hemmungslos.

Torian ließ ihr Handgelenk los und widerstand im letzten Moment der Versuchung, das Mädchen einfach an sich zu drücken und zu trösten, wie man ein weinendes Kind an die Brust preßte. Yoras Worte überraschten ihn nicht sehr; er hatte so etwas erwartet im gleichen Moment, in dem sie sie draußen auf der Straße angesprochen hatte. Rador würde untergehen, und die Menschen in seinen Mauern spürten es instinktiv. Und sie hatten Angst. Genug Angst, um sich mit dem Feind einzulassen und ihr eigenes Volk zu verraten, um das nackte Leben zu retten. Torian konnte es ihnen nicht einmal verdenken.

Aber er konnte ihnen auch nicht helfen.

»Gehen wir«, gebot er. Seine Stimme klang rauh und kratzig, aber er hoffte, daß das Mädchen das nicht bemerkte. Er war froh, daß Garth wenigstens in diesem Moment die Klugheit besaß, zu schweigen.

Yora wandte sich um und begann gebückt und schnell vor ihnen durch die dunkelgraue Dämmerung zu gehen.

Der Weg war weiter, als er geglaubt hatte. Der tanzende Lichtfleck, auf den Yora zulief, schien vor ihnen zurückzuweichen im gleichen Tempo, in dem sie sich ihm zu nähern versuchten, und ein paarmal erlosch er ganz und tauchte erst nach endlosen Minuten wieder auf. Der Kanal führte schnurstracks geradeaus, aber zwei- oder dreimal mußten sie kurze Treppen oder Schrägen überwinden, und einmal verwehrte ihnen eine brusthohe, mit schmierigem Schlick und Algen bewachsene Mauer das Weiterkommen, so daß Torian Yora und Garth beim Hinübersteigen helfen mußte.

Garths Zustand begann ihm immer mehr Sorgen zu bereiten. Der Dieb schwieg beharrlich, aber Torian merkte sehr wohl, daß seine Schritte immer schleppender wurden, und sein Schweigen war von einer verbissenen, erzwungenen Art. Er stieß immer wieder gegen Hindernisse, und einmal verlor er auf dem glitschigen Untergrund den Halt und stürzte und hatte nicht mehr die Kraft, aufzustehen, so daß Torian ihm helfen mußte.

Endlich, nach einer Ewigkeit, wie es Torian vorkam, blieb Yora stehen. Der Stollen machte vor ihnen einen scharfen Knick und führte im rechten Winkel zu ihrem bisherigen Weg weiter, aber in der Stirnwand war ein Loch, gezackt und mit roher Gewalt aus dem Ziegelwerk gebrochen wie das, durch welches sie das unterirdische Labyrinth der Kanalisation betreten hatten, aber größer. Dahinter lag ein rechteckiger Raum mit gewölbter Decke, der vom flackernden Licht eines halben Dutzends blakender Pechfackeln erhellt wurde. Er war leer, aber auf dem Boden lagen Decken und Stoffetzen, und in einer Ecke war aus alten Kisten ein primitiver Tisch gezimmert worden. So, wie das Gewölbe aussah, mußte es schon seit langer Zeit als geheimer Treffpunkt dienen.

Yora machte eine einladende Geste zu den Lumpenbündeln, rang sich ein Lächeln ab und löste eine der Fackeln aus den Wandhaltern. »Wartet hier«, sagte sie. »Ich gehe und hole Gwayroth und die anderen. Es wird nicht lange dauern.«

Sie ging. Garth wollte eine Frage stellen, aber wieder hielt ihn Torian mit einem raschen, mahnenden Blick zurück und ließ sich erschöpft auf eines der Lumpenbündel sinken. Garth hockte sich neben ihn, lehnte den Kopf gegen die feuchte Wand in seinem Rücken und schloß mit einem sonderbar klingenden Laut die Augen. Torian betrachtete ihn besorgt. Das Gesicht des Diebes war grau, und die Ringe unter seinen Augen sahen in der schummerigen Beleuchtung schwarz und wie mit Tusche gemalt aus. Torian war sicher, daß er Fieber hatte.

»Hältst du noch durch?« fragte er leise.

Garth versuchte zu sprechen, aber seine Lippen waren vom Fieber rissig und taub, und zuerst brachte er nur ein unverständliches Würgen zustande. Torian stand auf, ging zu dem improvisierten Tisch hinüber und überprüfte die Krüge und Beutel, die sich darauf stapelten. In einem fand er einen Rest zwar abgestandenen, aber sauberen Wassers und brachte es Garth. Der Dieb trank gierig, reichte ihm den Krug zurück und nickte dankbar.

»Ich denke schon«, antwortete er mit einiger Verspätung auf Torians Frage. »Ich habe schon Schlimmeres überlebt.« Der Blick seiner Augen war vom Fieber getrübt, und seine Stimme klang in dem hohen, von gespenstischen Echos erfüllten Gewölbe fremd und mißtönend.

»Aber du mußt sie nicht mehr alle beisammen haben, wie?« fuhr er fort. »Was denkst du, kannst du diesen Leuten erzählen? Es dauert keine Stunde, und sie merken, daß wir so wenig mit diesen Garianern zu tun haben wie sie.«

»Vielleicht«, antwortete Torian. »Aber immerhin sind wir hier in Sicherheit, wenigstens vorerst. Wenn wir uns in der Stadt sehen lassen, dann haben uns Worns Häscher, ehe wir auch nur Zeit finden, unseren Namen auszusprechen.«

Garth grinste verzerrt. »Dieser Worn scheint verdammt Respekt vor den Garianer zu haben, wenn er seine halbe Armee aufbietet, um uns zwei zu fassen.«

»Es muß irgend etwas mit der Inneren Festung zu tun haben«, vermutete Torian. »Ich glaube nicht, daß er uns für normale Spione hält. Aber er scheint panische Angst zu haben, daß irgend jemand den Weg in diese Festung findet.« Er seufzte. »Vielleicht ist der ganze Spuk in ein paar Stunden vorbei.«

»So?« Garth runzelte zweifelnd die Stirn. Torian sah erst jetzt, wie zerschlagen und geschwollen sein Gesicht war. Er hatte einen hohen Preis für den Schlüssel gezahlt, mit dem er ihre Ketten geöffnet hatte. »Und was willst du Yora und diesem Gwayroth erzählen, wenn sie kommen? Verdammt, was wollen sie überhaupt von uns?«

»Einen Handel mit euch machen, Garianer«, ließ sich eine harte Stimme vernehmen.

Torian fuhr erschrocken herum. Sie waren nicht mehr allein. Yora war zurückgekommen, und in ihrer Begleitung befand sich ein vielleicht fünfzig Jahre alter, grauhaariger Mann von hünenhaftem Wuchs. Sein rechter Arm war verkrüppelt, und wo das rechte Auge sein sollte, schimmerte eine Halbkugel aus mattsilbernem Metall in der leeren Höhle. Sein Gesicht war zerfurcht, als hätte jemand versucht, es aufzuhacken. Das mußte Gwayroth sein. Einen kurzen Moment lang überlegte Torian erschrocken, wie lange er schon unbemerkt hinter ihnen stand und sie belauschte. Aber schon Gwayroths nächste Worte zerstreuten seine Befürchtung.

»Ich bin Gwayroth«, stellte er sich vor. »Yora wird euch von mir erzählt haben. Und ich will euch gleich zu Anfang noch etwas sagen – ich bin es gewohnt, meine Gedanken offen auszusprechen, und ich mag es nicht, wenn erwachsene Menschen alberne Spielchen spielen und sich gegenseitig für dumm verkaufen wollen.«

»Und?« fragte Torian lauernd.

Gwayroth machte eine unwillige Bewegung mit der gesunden Linken und kam näher. »Ihr seid die garianischen Spione, die aus Worns Kerker entkommen sind«, behauptete er. »Ich weiß, daß es so ist, und ihr wißt, daß es so ist, also warum kommen wir nicht gleich zur Sache? Wir sind zwar Feinde, aber wir haben gemeinsame Interessen.«

Torian antwortete noch immer nicht. Gwayroth gefiel ihm nicht. Er begriff, *warum* er tat, was er tat, aber er mißbilligte die kalte, gefühllose Art, in der Gwayroth redete. Es war eine Sache, sich mit dem Feind zusammenzutun, um das nackte Leben zu retten, die er verstand und akzeptierte, auch wenn er sie nicht billige. Aber Gwayroth sprach mit einer Selbstverständlichkeit über sein Vorhaben, die Torian frösteln ließ. Er kannte Männer wie Gwayroth; Männer ohne Gewissen und Gefühle, Männer, deren Denken und Handeln einzig von Logik beherrscht wurde und für die Worte wie Freundschaft oder Treue nichts bedeuteten. Er hatte sie oft getroffen, und selten waren es angenehme Bekanntschaften gwesen.

»Welche gemeinsamen Interessen sollen das sein?« fragte er schließlich.

In Gwayroths einzigem Auge blitzte es auf. »Spielt nicht mit mir, Garianer«, zischte er, »oder ihr findet euch schneller in Worns Kerker wieder, als euch lieb ist.« Er starrte Torian und Garth eine Sekunde lang durchdringend an, dann verzog er die Lippen zu einem geringschätzigen Lächeln und schüttelte den Kopf. Torian widerstand nur mit Mühe der Versuchung, aufzustehen und ihm die Faust in sein narbenzerfurchtes Gesicht zu schlagen.

»Ihr wollt zurück zu euren Leuten«, fuhr er fort. »Und wir wollen aus der Stadt heraus, ehe euer Heer die Mauern stürmt.«

»Und wir sollen euch dabei helfen«, vermutete Torian.

»So, wie wir euch helfen«, versetzte Gwayroth. »Ich bringe euch nicht hier heraus, weil ihr so nette Gesichter habt, Garianer. Ich verlange etwas dafür. Ihr wollt aus der Stadt, und wir wissen den Weg. Worn hat sämtliche Ausgänge besetzen lassen, aber es gibt einen uralten geheimen Gang, von dem niemand mehr weiß. Niemand außer mir.«

Garth sah ihn mißtrauisch an. »Wozu braucht ihr uns, wenn ihr den Weg wißt?«

Gwayroth bedachte ihn mit einem Blick, als fühlte er sich von seiner Frage belästigt.

»Weil sie Angst vor den garianischen Truppen haben, Garth«, sagte Torian leise, ohne den Blick von Gwayroths Gesicht zu wenden. »Sie wissen zwar, wie sie aus der Stadt herauskommen, aber sie fürchten, gefangen und getötet zu werden. Ist es nicht so, Gwayroth?«

Gwayroth starrte ihn an, preßte die Lippen zu einem schmalen Strich zusammen und nickte widerwillig. »So ist es«, bekannte er. »Wir kennen den Weg hinaus, und wir wissen genügend Verstecke in den Bergen. Aber wir brauchen einen Führer. Jemanden, der uns durch die Reihen der Garianer bringen kann oder besser noch an ihnen vorbei.«

Torian schwieg eine Weile. Gwayroth war nicht halb so ruhig, wie er sich gab. Er ging ein gewaltiges Risiko ein, sich und diejenigen, für die er sprach, dem Gutdünken zweier Männer auszuliefern, die er nicht kannte, und er wußte es. Aber welche Wahl hatte er schon? Rador würde untergehen und in Schutt und Asche versinken, und man mußte kein Prophet ein, um das vorauszusehen. Torian hatte nur einen kurzen Blick auf die garianische Heeresmasse geworfen, aber schon dieser flüchtige Anblick des Heeres, das vor den Toren der Stadt lag und sich zum Angriff formierte, hatte ihn mit eisigem Schrecken erfüllt. Rador war eine gewaltige Festung, aber das Heer, das sie belagerte, mußte nicht nach Tausenden, sondern nach Hunderttausenden zählen...

»Ihr verratet euer Volk, Gwayroth«, warf er ihm wider besseres Wissen vor. »Das wißt Ihr doch. Wenn wir wirklich die sind, für die Ihr uns haltet, dann laßt Ihr Euch mit Euren Feinden ein.«

»Verraten?« Gwayroth lachte häßlich, ballte die Linke zur Faust und schlug damit auf seinen verkrüppelten rechten Arm. »Ich verrate niemanden«, behauptete er, »weil ich niemandem etwas schuldig bin. Seht mich an!« Er deutete zornig auf die matte Metallkugel, die seine leere Augenhöhle füllte. »Das ist Worns Werk«, stieß er hervor. »Ich war ein Krieger wie ihr, und ich stand in seinen Diensten. Die besten Jahre meines Lebens habe ich diesem Hund geschenkt, und zum Dank hat er mich seinen Folterknechten übergeben. Niemand in dieser Stadt ist Worn oder seinen Häschern *irgend etwas* schuldig, Garianer, ausgenommen vielleicht einen Dolch zwischen die Rippen!« Seine Stimme begann zu zittern, und er ballte die Faust so heftig, daß seine Knöchel hörbar knirschten. »Ihr wart in der Inneren Festung, und ich hoffe, daß ihr deren Pläne in allen Einzelheiten im Kopf habt. Worn und dieses Pack, das diese Stadt beherrscht, wollen sich dort wie die Ratten verkriechen, und uns lassen sie hier draußen verrecken. Rador hat nicht einmal genug Vorräte, um eine Woche der Belagerung durchzustehen! Nein!« Er schüttelte heftig den Kopf. »Niemand hier ist Worn oder den Mächtigen irgend etwas schuldig.«

Torian blickte ihn verwirrt an. Für einen kurzen Moment war die Maske von Gwayroths Gesicht gefallen, und er hatte den Mann gesehen, wie er wirklich war: schwach und voller Zorn und zerfressen von Haß und Verbitterung.

»Wie viele seid ihr?« fragte er leise.

»Nicht ganz zwei Dutzend«, antwortete Gwayroth. »Mit mir und Yora. Werdet ihr uns helfen?«

Für einen Moment zögerte Torian noch. Es war nicht richtig. Er durfte Gwayroth und der Handvoll Verzweifelter, die sich ihm ange-

schlossen hatten, keine Hoffnung vorgaukeln, die es nicht gab. Wenn sie die Stadt einmal verlassen hatten, dann waren sie hilflos, Fremde in einem fremden Land voller Feinde und unbekannter Gefahren.

Aber in den Mauern Radors erwartete sie der sichere Tod. Die Chancen, die sie draußen hatten, mochten verschwindend gering sein, aber sie waren noch immer größer als die, welche sich ihnen in der Stadt boten, und so nickte er.

»Wir kommen mit euch«, erklärte er. »Wann gehen wir?«

»Heute nacht«, antwortete Gwayroth. »Wir brechen auf, sobald die Sonne untergegangen ist.« Er stand auf und nahm eine Fackel aus dem geschmiedeten Wandhalter. »Ich gehe und rufe die anderen zusammen«, ließ er sie wissen. »Yora wird bei euch bleiben und euch zum Treffpunkt führen, sobald es dunkel geworden ist.«

Sie hatten keine Möglichkeit, das Verstreichen der Zeit festzustellen, Yora und Gwayroth verließen sie wieder, aber das Mädchen kehrte nach wenigen Augenblicken zurück, einen Beutel mit hartem Brot und wenigen Streifen gesalzenen Fleisches in der einen und einen Krug mit frischem Wasser in der anderen Hand. Es brachte auch Verbandszeug mit und versorgte Garth, aber es stellte sich nicht sehr geschickt dabei an und fügte Garth nur Schmerzen zu. Trotzdem ertrug der Dieb die Hilfe Yoras schweigend und mit zusammengebissenen Zähnen, denn trotz allem gelang es ihr, sein Gesicht zu reinigen und die Wunden und Risse einigermaßen zu kaschieren, so daß sie – zumal bei Dunkelheit – einer nicht allzu gründlichen Kontrolle standhalten würden.

Sie sprachen nicht viel. Yora hockte sich in eine Ecke des Gewölbes und starrte zu Boden, als sie gegessen hatten und Garth versorgt war, und Torian fing nur dann und wann einen raschen, ängstlichen Blick ihrer dunklen Augen auf, wenn sie glaubte, er würde es nicht merken. Ein paarmal überlegte er, ob er sie einfach ansprechen und versuchen sollte, mehr über sie und Rador und Gwayroths Gruppe zu erfahren, entschied sich dann aber dagegen. Immerhin hielt dieses Mädchen ihn und Garth noch immer für Spione, Spione des Feindes zudem, der mit einem Heer vor den Toren der Stadt lag und nur darauf wartete, ihre Mauern zu erstürmen. Eigentlich war die Kraft, die es brauchte, um allein mit zwei vermeintlichen Feinden in diesem feuchten Gewölbe stundenlang auszuharren, schon bewundernswert.

Garth verfiel in einen unruhigen, von Fieber und Phantasien geplagten Schlaf, und auch Torian rollte sich fröstelnd auf den Lumpenbündeln zusammen und versuchte zu schlafen, schrak aber vor Kälte und bizarren Visionen, die vor seinen Augen aufstiegen, immer wieder hoch und gab es nach einer Weile auf.

Schließlich gab ihm Yora mit Zeichen zu verstehen, daß es an der Zeit war. Er weckte Garth, half ihm, seine Kleider noch einmal notdürftig zu säubern und nahm eine der Fackeln von der Wand.

Aber Yora schüttelte sofort den Kopf. »Die braucht ihr nicht«, sagte sie. »Es ist nicht weit bis zum Ausgang, und wir dürfen kein Aufsehen erregen. Die Wachen würden aufmerksam, wenn sie das Licht sähen.«

Widerstrebend legte Torian die Fackel aus der Hand. Es gefiel ihm nicht, mit vollkommen leeren Händen dazustehen. Irgendwie hatte er noch immer das Gefühl, daß Gwayroth sie hintergehen würde. Vielleicht liefen sie geradewegs in eine Falle. Aber wenn, dann war sie sicher so gut vorbereitet, daß ihm auch eine Waffe nichts mehr nutzen würde. Sie hatten beide keine Kraft mehr zu kämpfen. Und sie waren nicht mehr in der Position, irgendwelche Forderungen zu stellen.

Schweigend folgten sie dem Mädchen durch das Labyrinth der Kanalisation. Kälte und Gestank umgaben sie, und Torian verlor schon nach wenigen Augenblicken die Orientierung. Aber es war, wie das Mädchen gesagt hatte – der Weg endete schon nach kurzer Zeit vor einer steilen, in engen Spiralen nach oben gewundenen Steintreppe. Yora blieb stehen, legte mahnend den Zeigefinger über die Lippen und warf die Fackel zielsicher in eine Pfütze, wo sie zischend erlosch.

Die Dunkelheit schlug wie eine Woge über ihnen zusammen. Vorsichtig, die Hände tastend wie ein Blinder nach beiden Seiten ausgestreckt, folgte Torian dem Mädchen. Garth war dicht hinter ihm. Er konnte nicht erkennen, was Yora vor ihm tat, aber er hörte sie eine

Weile im Dunkeln hantieren, dann quietschten rostige Angeln, und ein sichelförmiger Streifen bleichen Mondlichtes fiel auf die Treppe.

»Still jetzt«, zischte Yora. Sie sprach in jenem hellen, gehetzten Flüsterton, den man fast ebenso weit hören konnte wie ein normal gesprochenes Wort, und Torian unterdrückte mit Mühe ein Grinsen. Es war nicht immer ganz leicht, wenn Kinder Verschwörer spielen wollten.

Yora versuchte, die Klappe ganz aufzustemmen, aber ihre Kraft reichte nicht. Torian sah ihr einen Moment amüsiert dabei zu, dann schob er sich an ihr vorbei, wuchtete Schultern und Nacken gegen das rostige Eisen und schob den Deckel mit einem harten Ruck auf.

Sie waren in der Mitte einer breiten, menschenleeren Straße. Es war dunkel. Zur Linken erhob sich die unregelmäßige Schattenlinie einer Häuserzeile, auf der anderen Seite wuchs die schwarze Wand der Stadtmauer in die Höhe und verschmolz irgendwo mit dem Nachthimmel. Nirgendwo war Licht oder auch nur die Spur von Leben zu entdecken.

Torian kroch auf Händen und Knien ein Stück von der Öffnung fort, drehte sich um und half Garth und dem Mädchen, nach oben zu gelangen. Dann befestigte er den eisernen Lukendeckel sorgsam wieder über dem Einstieg. Er paßte so perfekt, daß es nicht einmal gelungen wäre, einen Fingernagel zwischen ihn und den Stein zu zwängen. Seine Hochachtung vor den Erbauern Radors stieg. Es war nicht das erste Mal, daß er sich in einer Stadt befand, in der es eine Kanalisation gab – die großen Metropolen von Scrooth waren stolz auf ihr Abwässersystem –, aber er hatte niemals eine solche Kunstfertigkeit und Perfektion angetroffen. Das Volk von Rador mußte eine erstaunliche Stufe der Zivilisation erklommen haben.

Und trotzdem würde es untergehen, und von seiner stolzen Stadt würden nichts als Ruinen und Staub zurückbleiben...

Torian verscheuchte den Gedanken, richtete sich vorsichtig auf und sah sich sichernd um. Die Straße war leer, aber er spürte, daß sie nicht allein waren. Irgendwo, verborgen hinter dem Schleier aus Dunkelheit und Schwärze, der sich wie ein Vorbote des Todes über die Stadt gebreitet hatte, waren aufmerksame Augen, deren Blicke jede Bewegung verfolgten, und Ohren, die auf jeden Laut hörten.

»Wo sind wir hier?« fragte er leise.

Yora fuhr erschrocken zusammen und legte wieder die Hand über die Lippen, antwortete aber dann doch. »Im Osten der Stadt«, flüsterte sie. »Nicht weit von dem Tor entfernt, das Gwayroth kennt. Er wartet auf uns.« Sie wollte sich umdrehen, aber Torian hielt sie mit einem raschen Griff zurück.

»Was bedeutet das hier?« wollte er mit einer Geste auf die ausgestorbene Straße wissen. »Wieso ist es so still? Wieso ist niemand zu sehen?«

»Dieses Viertel ist nicht bewohnt«, antwortete Yora hastig. »Die Häuser stehen schon lange leer. Es kommt fast niemand hierher.«

»Ein unbewohntes Stadtviertel?« wiederholte Torian mißtrauisch. Er deutete auf die Mauer, deren Zinnen sich wie schwarze Wächter gegen den dunkelblauen Nachthimmel abhoben. »Und keine Männer auf den Wehrgängen, wo der Feind vor euren Toren steht? Wem willst du diesen Unsinn erzählen, Kindchen?«

»Es ist aber so!« wimmerte Yora. »Worn hat alle Krieger auf der Westmauer zusammengezogen, wo er den Angriff der Garianer erwartet. Und die Türmer melden jede Bewegung des Feindes früh genug.«

»Ich glaube dir kein Wort«, erklärte Torian hart. Aber dann ließ er Yoras Handgelenk doch los und seufzte nur. Wahrscheinlich wußte es das Mädchen nicht besser. Es hätte ihm die Wahrheit gesagt, wenn es sie gewußt hätte. Seine Angst vor ihm und Garth war zu groß.

»Geh«, knurrte er.

Yora wandte sich um und beeilte sich, die Straße hinunter zu hasten, und Torian und Garth folgten ihr in wenigen Schritten Abstand.

Der Weg war nicht weit. Yora ging schnell und sah sich dabei immer wieder angstvoll um, als spüre auch sie das Lauern unsichtbarer Augen hinter den Schatten, und schon nach wenigen hundert Schritten tauchte ihr Ziel vor ihnen auf: ein niedriges wie an die Mauer geklebtes, würfelförmiges Gebäude ohne Fenster, hinter dessen nur angelehnter Tür der blasse Schein einer Kerze flackerte.

»Dort?« fragte er.

Yora blieb stehen und nickte, ernst und knapp. »Gwayroth erwartet uns«, sagte sie. »Und die anderen auch. Kommt jetzt.«

Sie betraten das Haus. Es schien aus einem einzigen niedrigen Raum zu bestehen, und es war überfüllt von Menschen. Torian erkannte im flackernden Licht der Kerze mindestens vier Dutzend Männer und Frauen, nicht zwei, wie Gwayroth behauptet hatte, und die meisten von ihnen führten Kinder und große Bündel und Kisten mit hastig zusammengerafften Habseligkeiten mit sich. Er wartete, bis Garth und Yora hinter ihm eingetreten waren, schob die Tür ins Schloß und hielt nach Gwayroth Ausschau.

Der Einäugige stand im Hintergrund des Raumes und redete – begleitet von heftigem Gestikulieren – auf einen grauhaarigen Alten ein, mit dem er in Streit geraten zu sein schien, sah aber auf, als spüre er Torians Blick, und kam mit raschen Schritten näher.

»Wir sind bereit«, sagte er übergangslos.

Torian nickte und runzelte mit absichtlich übertriebener Mimik die Stirn. »Das sehe ich«, knurrte er. »Sind das die nicht ganz zwei Dutzend Leute, die Ihr mitbringen wolltet, Gwayroth? Radors Schulen scheinen eine eigenartige Mathematik zu lehren.«

Ein Schatten huschte über Gwayroths Gesicht. Einen Moment lang sah es so aus, als wolle er auffahren, dann preßte er aber nur die Lippen zusammen und ballte die Linke zur Faust. »Viele von denen, die mit uns kommen, haben ihre Schwestern und Brüder mitgebracht«, erklärte er.

»Und sämtliche Basen und Oheime auch«, knurrte Garth. »Und, wie es scheint, auch ihre Urureltern.«

Gwayroth fuhr mit einer wütenden Bewegung herum und funkelte den Dieb an. »Was erwartet Ihr, Garianer?« zischte er. »Diese Menschen wollen leben, das ist alles. Warum geht Ihr nicht herum und bestimmt die, welche hierbleiben sollen? Vielleicht nehmt Ihr Euch auch gleich ein Messer und schneidet Ihnen die Kehlen durch! Ihr –«

»Schon gut, Gwayroth«, unterbrach ihn Torian. »Garth hat es nicht so gemeint. Natürlich nehmen wir alle mit, die hier sind. Aber das Gepäck bleibt hier.«

»Es ist alles, was sie haben«, wandte Gwayroth ein.

Torian nickte. »Ich weiß. Aber wir können uns nicht mit Säcken und Kisten abschleppen, Gwayroth. Wir werden jedes bißchen Kraft brauchen, um die Alten und die Kinder zu tragen, wenn wir fliehen müssen. Seid vernünftig.«

Zu seiner Überraschung widersprach Gwayroth nicht mehr, sondern nickte bloß und wandte sich um. »Ihr habt gehört, was der Garianer gesagt hat«, sprach er mit erhobener Stimme. »Er hat recht. Laßt alles zurück, was ihr mitgebracht habt.«

Für eine Weile war der Raum vom Rascheln von Stoff und von polternden, klirrenden Lauten erfüllt; hier und da erhob sich unwilliges Murren, aber niemand machte einen ernsthaften Versuch, sich Gwayroths Befehl zu widersetzen. Diese Menschen, das begriff Torian plötzlich, waren am Ende ihrer Kraft. Sie hatten nicht mehr die Energie zu widersprechen, geschweige denn zu kämpfen. Sie wollten nur noch leben, das war alles. Und sie würden *alles* dafür tun.

Torians Blick glitt mißtrauisch über die Männer und Frauen, die den Raum füllten. Aber das Gesicht, das er suchte, war nicht darunter.

»Wir sind bereit«, stellte Gwayroth nach einer Weile fest. Torian schrak aus seinen Betrachtungen hoch, nickte nervös und sah sich suchend um.

»Wie geht es weiter?«

»Der Gang beginnt gleich unter unseren Füßen«, erklärte Gwayroth mit einer Geste zum Boden. »Es ist ein Teil der Kanalisation. Wir werden kriechen müssen, aber es geht.«

»Die Kanalisation?« wunderte sich Garth. »Sie führt aus der Stadt hinaus? Direkt unter der Mauer hindurch?«

Gwayroth nickte. »Ja. Rador war früher größer, müßt Ihr wissen. Als die neuen Mauern gezogen wurden, haben die Herrschenden die alten Kanäle zumauern lassen. Diesen einen haben sie vergessen.«

Torian blickte ihn zweifelnd an. Gwayroths Erklärung klang nicht sehr überzeugend. Aber es gab nur eine Möglichkeit, diese Geschichte zu überprüfen. »Dann laßt uns gehen«, entschied er. »Je eher wir aus dieser Falle heraus sind, desto wohler ist mir. Geht voraus, Gwayroth.«

Gwayroth warf ihm einen letzten, undeutbaren Blick zu, drehte sich herum und scheuchte die Männer und Frauen zur Seite. In der Mitte des Bodens kam eine mattglänzende Metallplatte zum Vorschein, ähnlich der, durch die sie vor wenigen Augenblicken die Kanalisation verlassen hatten. Auf Gwayroths Geheiß hin knieten zwei

Männer nieder, stemmten die Platte in die Höhe und traten beiseite.

Torian beugte sich neugierig über den Schacht. Ein Schwall verbrauchter, modriger Luft und Kälte schlug ihm entgegen, und anders als bei dem Abstieg, den er kannte, gab es hier keine Treppe, sondern nur eine Anzahl rostiger eiserner Ringe, die in den massiven Fels der Wand eingelassen waren und eine Art Leiter bildeten. Am Grunde des Schachts glitzerte etwas; wahrscheinlich faulendes Wasser, dem Geruch nach zu schließen.

»Geht voraus«, wies er Gwayroth an. »Ich folge Euch. Garth und das Mädchen bilden den Schluß.«

Ohne ein weiteres Wort schob sich Gwayroth an ihm vorbei, setzte behutsam den Fuß in einen der eisernen Ringe und begann, in die Tiefe zu steigen. Torian wartete einen Moment, wandte sich um und tastete mit dem Fuß nach dem obersten Eisenring. Er knirschte hörbar unter seinem Gewicht, aber er hielt, und nach einem letzten, kurzen Moment des Zögerns ließ Torian die gemauerte Kante des Schachtes los und kletterte hinter Gwayroth her.

Der Schacht war nicht sehr tief. Torian war vielleicht drei, vier Manneslängen weit hinabgeklettert, als er wieder festen Fels unter den Füßen spürte und Gwayroth ihn am Arm ergriff. Es war dunkel. Das Licht, welches von oben in den Schacht fiel, versickerte schon nach wenigen Fuß, und anders als in den Schächten, durch die sie Yora geführt hatte, gab es hier keinen leuchtenden Schimmel, der die Dunkelheit wenigstens notdürftig erhellt hätte.

»Wohin?« fragte er. Das Wort hallte vielfach gebrochen aus der Dunkelheit zurück; der Gang mußte sehr hoch sein.

»Nach links«, antwortete Gwayroth. Seine Stimme hatte jetzt viel von seiner Sicherheit verloren und zitterte. »Aber seid vorsichtig. Der Gang ist dort vorne sehr niedrig. Ein Teil der Decke ist eingestürzt.« Eine Weile hörte ihn Torian noch im Dunkeln hantieren, dann entfernten sich seine Schritte. Ein Funke glomm in der Dunkelheit auf, wuchs zu einer winzigen Flamme und dann zum Schein einer Pechfackel heran. Tanzende rote Schatten huschten über die Wände und die gewölbte Decke.

Torian trat vom Schacht zurück und sah sich aufmerksam um. Das Licht der Fackel reichte nicht sehr weit, aber das wenige, was er sah, schien Gwayroths Worte zu betätigen. Der Gang war mehr als mannshoch und von halbkreisförmigem Schnitt. Auf dem Boden hatten sich über Jahrhunderte hinweg Schmutz und Unrat abgelagert und eine holprige, steinharte Schicht gebildet, auf der das Gehen schwerfiel; es sah aus wie erstarrte Lava von dunkelgrauer Farbe. Feuchtigkeit glitzerte an den Wänden, und überall schimmerten Pfützen in allen Farben des Regenbogens. Der Gestank war fast unerträglich.

Gwayroth deutete stumm nach vorne. Der Gang war dort eingestürzt; die Decke niedergebrochen, als wäre sie von einem titanischen Hammerschlag getroffen worden, aber an seiner rechten Seite war noch ein mannshoher Durchschlupf frei, hinter dem Schwärze und Schatten einen geheimnisvollen Tanz aufzuführen schienen.

»Dort?« fragte er.

Gwayroth nickte. »Ja. Es wird noch enger weiter vorn, aber man kommt durch. Ich... war schon draußen.« Seine Zunge fuhr nervös und fahrig über seine Unterlippe, als hätte er plötzlich Mühe, zu sprechen. »Der Ausgang liegt jenseits der Mauer«, fuhr er fort. »Wir kommen durch, aber es wird schwer werden.«

Torian antwortete nicht darauf. Er hatte nicht erwartet, daß es ein Spaziergang werden würde.

Nach und nach kletterten auch die anderen zu ihnen herab, und der Stollen begann sich zu füllen. Garth stieg als letzter herab, wie Torian befohlen hatte. Mühsam schloß er die zentnerschwere Klappe über sich, hangelte sich an den schwankenden Eisenringen in die Tiefe und ließ sich keuchend gegen die Wand sinken. Sein Gesicht war bleich wie Kalk.

»Schaffst du es noch?« fragte Torian besorgt.

»Ich schaffe noch viel mehr, um aus diesem Rattenloch herauszukommen«, erwiderte Garth. »Laß uns weitergehen, Torian. Ich will hier raus.«

Torian wollte antworten; aber irgend etwas hielt ihn davon ab. Er wußte nicht, was es war; oder ob es überhaupt irgendeinen anderen Grund als seine eigenen überreizten Nerven hatte: Aber er fühlte sich mehr denn je beobachtet, belauert und auf schwer in Worte zu fassende Weise bedroht. Vielleicht lag es auch nur an der Enge des Gewölbes, das so mit Menschen vollgestopft war, daß man meinte, keine

Luft mehr zu bekommen.

Er verscheuchte den Gedanken, ging wieder zu Gwayroth hinüber und deutete auffordernd auf den Durchbruch in der zusammengebakkenen Geröllhalde, die ihnen das Weiterkommen verwehrte. »Geh«, sagte er einfach.

Gwayroth blickte ihn noch einen Herzschlag lang unsicher an, wandte sich dann mit einem Ruck um und drückte seinem Nebenmann die brennende Fackel in die Hand. Dann ließ er sich auf die Knie sinken und kroch in den Tunnel hinein.

Irgend etwas geschah...

Torian vermochte das Gefühl nicht in Worte zu kleiden; nicht einmal in Gedanken. Aber er spürte es, mit schmerzhafter Wucht.

Das Fremde.

Das Böse, absolut Negative, den Haß, der sich plötzlich in dem niedrigen feuchten Gewölbe manifestierte und wie schwarze Schattenwesen aus einer anderen fremden Welt mit unsichtbaren Fingern nach seinen und den Gedanken der anderen griff und sich in ihre Seelen krallte.

Neben ihm begann eine Frau zu schreien, und das Licht begann zu tanzen, als der Mann, dem Gwayroth die Fackel in die Hand gedrückt hatte, diese hob und sie seinem Nebenmann wie eine Lanze ins Gesicht stieß. Torian sah ein Blitzen aus den Augenwinkeln, warf sich zur Seite und keuchte vor Schmerz, als die Messerklinge, die nach seiner Kehle gezielt hatte, eine dünne brennende Schmerzlinie über seinen Oberarm zog. Er fiel, rollte instinktiv zur Seite und griff blindlings nach einem Fuß, der nach seinem Gesicht trat, verdrehte ihn und brachte den Mann mit einem harten Ruck aus dem Gleichgewicht.

In dem unterirdischen Gewölbe brach die Hölle los. Plötzlich, von einem Lidzucken auf das andere, verwandelten sich die vier Dutzend Flüchtlinge, die vor einer Sekunde noch nichts anderes als ein verschüchterter Haufen Verzweifelter gewesen waren, in einen tobenden Mob. Schreie und das Klirren von Stahl, dumpfes Poltern und das Klatschen von Schlägen ließen den Tunnel erbeben, Faustschläge und Tritte prasselten auf Torian herab, und mehr als ein Dolch oder Schwert wurde nach ihm geschlagen. Wie durch ein Wunder kam er auf die Füße, stieß einen Mann von sich und brach einem zweiten, der mit einem armlangen Schwert auf ihn eindrang, das Handgelenk. Etwas traf seinen Rücken und ließ ihn taumeln. Er fiel gegen die Wand, wirbelte instinktiv herum und fing im letzten Augenblick einen Schwerthieb ab, der gegen seinen Unterleib gezielt war. Der Angreifer torkelte, als ihn Torians Faust an der Schläfe traf, kippte zur Seite und ließ seine Waffe fallen.

Torian fing das Schwert auf, ehe es den Boden berührte, schlug einen weiteren Angreifer mit der flachen Seite der Klinge nieder und hatte für einen Moment Luft.

Der Anblick, der sich ihm bot, hätte geradewegs aus einem üblen Fiebertraum stammen können. Die Menge war zu einem brüllenden, wahnwitzigen Tollhaus geworden, das nur noch ein Ziel zu kennen schien: *Töten*. Männer kämpften gegen Frauen, Alte gegen Kinder, Mütter gegen ihre Söhne und Väter gegen ihre Töchter, unterschiedslos und wie in einem irrsinnigen Blutrausch. Die Fackel war erloschen, aber die Kleider eines Toten hatten Feuer gefangen, und der flackernde Schein tauchte die grausige Szene in blutigrotes Licht und ließ das Geschehen gleichzeitig irreal wie unbeschreiblich furchtbar erscheinen.

Torian sah sich nach Garth um und entdeckte ihn dort, wo er ihn zurückgelassen hatte, am Fuße des Schachtes. Er kämpfte mit bloßen Händen gegen Yora, die sich in seine Kleider verkrallt hatte und versuchte, ihm die Augen auszukratzen. Sie schrie ununterbrochen, und Garths Hände schienen kaum auszureichen, sich die Tobende vom Halse zu halten. Torian stöhnte. Er hatte mehr Schlachten erlebt, als er zählen konnte, und mehr Kämpfe ausgefochten, als ein Jahr Tage hatte, aber er hatte niemals Menschen gesehen, die mit solcher Brutalität kämpften, rücksichtslos und nur von dem Gedanken besessen, zu morden. Und auch er spürte den Griff jener unsichtbaren, geistigen Macht, die aus normalen Menschen reißende Bestien gemacht hatte: das quälende Wühlen und Reißen in seinem Schädel, ein Wille, der so stark wie sein eigener und viel zielstrebiger war und ihn zwingen wollte, das Schwert zu heben und zu töten, töten, töten...

Töte! wisperte die Stimme in seinem Schädel. *Töte sie! Töte sie! Töte sie! Töte! Töte! Töte!*

Torian schrie auf, drehte das Schwert herum und drosch sich mit dem Knauf eine Gasse durch die Menge der Kämpfenden. Blutige Schleier tanzten vor seinen Augen, und für einen Moment glaubte er, ein schmales, von dunklen tiefen Schatten zerfurchtes Gesicht zu erkennen, das ihn höhnisch anstarrte.

Dann zerriß der Schleier mit einem plötzlichen, schmerzhaften Ruck, und er fand sich wenige Schritte neben Garth, zitternd, das Schwert so fest umklammert, daß das Blut aus seinen Händen tropfte. Mit einem gellenden Schrei sprang er vor, erreichte Garth und riß das Mädchen, das noch immer hysterisch kreischte und mit Fäusten und Fingernägeln auf sein Gesicht einhieb, zurück. Yora taumelte, fiel auf die Knie und kam mit einem beinah tierisch klingenden Laut wieder hoch. Ihre Fingernägel blitzten wie die Krallen eines Raubvogels, und in ihren Augen flammte der Wahnsinn. Torian stieß sie ein zweites Mal und kräftiger zu Boden, aber wieder sprang sie auf, und plötzlich hielt sie einen faustgroßen Stein in der Rechten.

Torian duckte sich unter dem Hieb weg, ließ sie an sich vorüberstolpern und schlug ihr die flache Seite der Klinge gegen den Hinterkopf. Das Mädchen fiel mit einem seufzenden Laut zu Boden und blieb besinnungslos liegen.

»Raus hier!« keuchte Torian. Er packte Garth bei den Schultern, drehte ihn herum und gab ihm einen Stoß. Garth taumelte, griff mit einer schwachen, ziellos wirkenden Bewegung nach dem untersten der eisernen Ringe und versuchte, sich daran in die Höhe zu ziehen.

»Verdammt, beeil dich!« ächzte Torian. »Sie sind völlig von Sinnen!«

Er fuhr herum, als er eine Bewegung hinter sich spürte, aber seine Reaktion kam um den Bruchteil einer Sekunde zu spät. Ein Fausthieb traf seine Rechte und prellte ihm die Waffe aus der Hand, dann trieb ihm ein zweiter Schlag die Luft aus den Lungen; er krümmte sich, fiel auf die Knie und wurde gleich darauf gegen die Wand geschleudert, als ein Tritt sein Gesicht traf.

Für einen Moment drohte ihm der Schmerz die Besinnung zu rauben. Er stöhnte, rutschte langsam an der Wand herab zu Boden und hob schwächlich die Hände, um sein Gesicht zu schützen.

Ein Schatten wuchs hinter dem blutdurchtränkten Vorhang vor seinem Blick in die Höhe, dann hörte er einen dumpfen Schlag und gleich darauf einen zweiten, schwereren Aufprall. Mühsam blinzelte er den Schmerz weg, schüttelte ein paarmal den Kopf und versuchte aufzustehen.

Es war Garth, der ihn gerettet hatte. Für einen ganz kurzen Moment blitzte der alte Kampfgeist in den Augen des Diebes auf, als sich ihre Blicke begegneten, aber er verging, so schnell, wie er gekommen war, und Garths Züge erschlafften wieder; alles, was er darauf las, waren Schmerz und Erschöpfung.

»Ich... schaffe es... nicht, Torian«, stöhnte der Dieb. »Geh... allein.« Er taumelte, griff haltsuchend nach der Wand und begann in sich zusammenzusinken. Torian stützte ihn, aber Garth schien mit einem Male das Zehnfache zu wiegen; er spürte, wie seine Knie zu zittern begannen und der Dieb trotz seines Griffes langsam weiter zu Boden sank.

»Unsinn«, schrie er. »Du... du schaffst es. Komm. Halt dich... an mir fest...«

Mit aller Kraft, die ihm geblieben war, richtete er Garth auf, griff nach den eisernen Ringen vor sich in der Wand und begann sich Hand über Hand in die Höhe zu ziehen.

Er wußte nicht, *wie* er es schaffte. Seine Schultermuskeln explodierten in feurigem Schmerz, als er die Füße vom Boden löste und sich in die Höhe zog, und seine Hände schienen aus den Gelenken zu reißen, als Garth nach seinem Gürtel griff und sich daran festhielt. Er sah und hörte nicht mehr, was unter ihm vorging, gewahrte nichts mehr von seiner Umgebung, sondern spürte nur noch Schmerzen und Schwäche. Die ganze Zeit hämmerte immer wieder die unsichtbare Faust in seinem Schädel und flüsterte ihm ihr *Töte! Töte!* zu, sanft und gleichzeitig mit unwiderstehlicher Macht.

Und die ganze Zeit sah er ein Gesicht vor sich. Ein schmales, grau gewordenes Gesicht mit messerscharf gezogenen Lippen und Augen, an denen Jahrhunderte vorübergezogen waren wie Tage und in denen der Haß loderte, Haß auf alles Lebende, Denkende, Fühlende...

Er merkte es nicht, in diesen Augenblicken, aber es war dieser Haß, der ihm die Kraft gab, sich immer weiter und weiter in die Höhe zu ziehen, seine Hand immer wieder von einem rostigen Eisenring zu lösen und nach dem nächsten zu greifen, seine steifen, verkrampften

Muskeln zu zwingen, sich weiter emporzuhangeln, Handbreit um Handbreit, Ring um Ring, jeder Millimeter ein Jahr der Qual. Es war der Haß, die gleiche, monströse Kraft, die aus den Menschen unter ihnen reißende Bestien gemacht hatte, der ihn weitertrieb, und das Gesicht, das er sah, das ihn daran hinderte, einfach zu sterben.

Irgendwie schaffte er es, und irgendwie brachte er es auch fertig, den Schachtdeckel zu öffnen und sich über seinen Rand zu ziehen.

Mit einem erschöpften, qualvollen Laut brach er am Rand des Einstiegs zusammen, wälzte sich mit dem letzten Rest seiner Kraft auf den Rücken und rang röchelnd nach Atem. Sein Herz hämmerte, und jeder einzelne Schlag pulsierte als stechender Schmerz bis in seine Finger- und Zehnspitzen, und als Garth neben ihm auf die Knie fiel und ihm die Hand auf die Schulter legte, hätte er am liebsten vor Schmerz geschrien.

»Wir müssen... weg hier«, keuchte er. Er versuchte aufzustehen, aber seine Arme und Beine gaben unter dem Gewicht seines Körpers nach; er fiel, blieb fast eine Minute reglos liegen und versuchte es noch einmal. Schwankend kam er auf die Füße, taumelte gegen die Wand und wäre um ein Haar erneut gestürzt. Der winzige Raum begann sich vor seinen Augen zu drehen.

»Garth«, murmelte er. »Wir müssen... weg. Die Soldaten werden... gleich hier sein...«

Der Dieb hob müde den Kopf, versuchte etwas zu sagen und krümmte sich plötzlich, um sich würgend zu übergeben. Aus dem offenstehenden Schacht drangen Schreie und andere, schreckliche Geräusche.

»Woher... willst du das... wissen?«

Torian richtete sich zitternd an der Wand auf, torkelte zur Tür und entriegelte sie. »Komm«, sagte er, ohne auf Garths' Frage zu antworten. »Wir müssen... weg!«

Garth lachte, schrill und hysterisch, begann plötzlich zu husten und krümmte sich erneut. »Weg?« preßte er hervor. »Verdammt, wohin denn, Torian?! Wir sind am Ende, begreifst du das nicht?« Er begann wieder zu lachen, gellend und mißtönend und ohne zu atmen.

Torian schüttelte in einem Anflug von fast kindlichem Trotz den Kopf, taumelte zu Garth zurück und versetzte ihm einen schallenden

Schlag ins Gesicht. Garth keuchte vor Schmerz, aber er hörte auf zu lachen, und sein Blick wurde für einen Moment klar.

»Wohin denn, Torian?« fragte er noch einmal, und diesmal war seine Stimme nicht mehr als ein heiseres Flüstern, in dem die Furcht mitschwang. »Wohin?«

»Dorthin, wo sie uns am wenigsten vermuten, Garth«, antwortete Torian ernst.

Garth erwiderte nichts mehr. Aber er brachte irgendwie die Kraft auf, sich auf die Füße zu erheben und neben Torian auf den Ausgang zuzuwanken.

Sie verließen das Haus, aber unter ihnen, tief unter der Erde, ging das Töten weiter.

Die Sonne ging auf, als sie sich dem Stadtzentrum näherten, und mit dem ersten grauen Schimmer der Dämmerung hatten die Schatten begonnen, in ihre Verstecke zurückzukriechen. Gleichzeitig erwachte die Stadt.

Es war wie am Tage zuvor: die Straßen Radors füllten sich allmählich, und dort, wo die Bevölkerung während der Nacht Schutz in Dunkelheit und Stille gefunden hatte, fand sie ihn nur in einer Menge, die von der Furcht aus ihren Häusern getrieben worden war.

Torian blinzelte gegen das blendende Licht der Sonne, die wie ein flammender gelber Ball über den Zinnen der Stadt erschienen war, unbeteiligt und grell, als wolle sie den Menschen in den Mauern Radors auf diese Weise demonstrieren, wie unwichtig sie waren, und wie wenig Unterschied es für den Fortbestand der Welt bedeutete, ob ihre Stadt unterging oder nicht.

Es war der letzte Tag der Stadt. Sie hatten sich die ganze Nacht über verborgen gehalten, fern von den Mauern und ihrem Herzen, wo die Gefahr bestand, einer Patrouille in die Arme zu laufen oder von einer Wache auf den Wehrgängen entdeckt zu werden, aber Torian wußte trotzdem, daß sich das Schicksal Radors heute entscheiden würde.

Vielleicht würde sie dem Ansturm der Garianer noch einige Tage oder auch Wochen standhalten, aber die Entscheidung fiel heute. Er konnte das Heer hören: ein dumpfes, an- und abschwellendes Raunen und Wispern, wie das Murmeln ferner Meeresbrandung, aber bedrohlicher und machtvoller.

»Da hast du deinen Turm«, murmelte Garth schwach. »Wenn du wirklich dorthin willst...«

Torian schwieg einen Moment, wandte sich um und blickte den Dieb besorgt an. Garths' Zustand hatte sich während der Nacht gebessert – trotz allem war der Dieb noch immer so stark wie ein Ochse, und sein Körper vermochte selbst da noch Reserven zu aktivieren, wo jeder andere schon längst tot zusammengebrochen wäre – und sie hatten sich gesäubert und ihre Kleider in Ordnung gebracht, so gut es ging. Niemand schien Notiz von ihnen zu nehmen. Sie waren nur zwei weitere Gestalten in der immer größer werdenden Menge, die die Straßen Radors füllte. Er hatte Garth nicht erklärt, was er vorhatte. Er konnte es nicht. Es war nur ein Gefühl, etwas wie der Instinkt eines gejagten Tieres, der es todsicher den einzig möglichen Fluchtweg finden ließ. Er kannte die Lösung aller Rätsel – sie war da; dicht unter der Ebene des logischen Denkens, aber sie entzog sich seinem bewußten Zugriff, sobald er danach zu greifen versuchte. Die sonderbare Klarheit, mit der er die Dinge während ihrer verzweifelten Flucht aus dem Kanal gesehen hatte, war mit der Erschöpfung gewichen, und geblieben war nur die Erinnerung an früheres Wissen und eine sonderbare Gewißheit, unmittelbar vor der Lösung aller Rätsel zu stehen. Was er jetzt tat, tat er nicht mehr bewußt, sondern ließ sich einfach von seinen Instinkten und Gefühlen leiten wie ein Raubtier auf der Flucht.

Garth folgte ihm widerspruchslos, als er ohne ein weiteres Wort die Richtung wechselte und sich auf den schwarzen Schatten der Inneren Festung zubewegte. Sie kamen jetzt langsamer voran. Der Strom der Menschen nahm zu, und die meisten bewegten sich fort von der Inneren Festung auf den Stadtrand zu, als hofften sie, doch noch einen Fluchtweg zu finden.

Keiner von ihnen würde entkommen, dachte Torian bedrückt. Die Stadt würde geschleift werden und im Wüstensand versinken, und...

Er verscheuchte den Gedanken und konzentrierte sich wieder auf seine Umgebung. Die Männer und Frauen, die ihnen begegneten, lebten nicht; nicht wirklich. Sie waren längst tot, seit einem Jahrtausend, und was sie sahen, war nichts als die grausame Wiederholung eines Schicksales, das sich längst vollzogen hatte. Verzweifelt versuchte er, sich diesen Gedanken einzuhämmern, aber es nutzte nicht viel. Er wußte, daß es so war, aber es gab plötzlich noch einen zweiten, anderen Torian in ihm, und diesem anderen war die Logik und der gesunde Menschenverstand gleich, und er schrie ihm zu, daß all diese Menschen rings um ihn herum sterben würden, grausam und sinnlos und unerbittlich.

Obwohl die Entfernung kaum mehr als eine Meile betrug, brauchten sie annähernd zwei Stunden, um die Innere Festung zu erreichen. Der Flüchtlingsstrom nahm nach und nach ab, je mehr sie sich dem Stadtzentrum näherten, aber dafür sahen sie mehr Soldaten; meist in kleinen Gruppen zu fünf oder sechs Mann, einmal auch eine komplette Hundertschaft, die in voller Bewaffnung und zu Pferde dahergaloppiert kam und die Straße rücksichtslos leerfegte.

Schließlich wichen die Häuser zu beiden Seiten zurück, und die Straße öffnete sich zu einem weiten, sechseckigen Platz, in dessen Mittelpunkt sich die Innere Festung wie ein von Menschenhand geschaffener Berg erhob.

Sie blieben im Schatten des letzten Hauses stehen. Garth gab einen Laut der Enttäuschung von sich, schüttelte niedergeschlagen den Kopf und lehnte sich erschöpft gegen die Wand. »Aus«, murmelte er. »Da kommen wir niemals durch.«

Torian antwortete nicht. Es gab auch nicht viel, was er hätte sagen können. Die Innere Festung hatte sich vollkommen verändert, seit sie das Bauwerk verlassen hatten. Die gewaltigen, an den Außenseiten mit Bronzeplatten beschlagenen Tore standen weit offen, und ein Strom von Männern und Frauen ergoß sich in die Fluchtburg; offenbar die privilegierteren Bürger Radors, denen eine hohe Geburt oder ein Rang einen Platz in der scheinbaren Sicherheit ihrer Mauern gesichert hatte. Auf den Wehrgängen patrouillierten Wachen, und auch auf der Plattform des Turmes standen Soldaten.

»Laß uns zurückgehen, Torian«, murmelte Garth. »Vielleicht kommen wir irgendwie –«

»Still!« Torian winkte hastig ab, und Garth verstummte gehorsam.

»Vielleicht gibt es doch eine Möglichkeit«, fuhr Torian leise fort. »Aber sie ist gefährlich.«

Garth kicherte hysterisch. »Ach? Das wäre doch endlich eine Abwechslung. Was hast du vor?«

Torian deutete mit einer Kopfbewegung auf eine Gasse, die wenige Schritte hinter ihnen in die Hauptstraße mündete. Garth seufzte protestierend, stemmte sich aber trotzdem hoch und folgte Torian mit kleinen, mühsamen Schritten. Der dunkle Fleck auf seiner Schulter war größer geworden.

»Also?« wollte Garth wissen, nachdem sie in den Schatten der Gasse zurückgewichen waren. »Was hast du vor? Stürmen wir die Festung, oder graben wir uns nur unter dem Platz durch?«

»Erinnerst du dich daran, wie ich euren Magier überlistet habe?« fragte Torian ernst.

Garth zog eine Grimasse und betastete seine blutende Schulter. »Schwach«, murmelte er.

Torian nickte. »Es hat einmal funktioniert«, sagte er und deutete auf den Strom von Männern und Frauen, der sich durch die weit offenstehenden Tore der Festung wälzte. »Warum sollte es nicht noch einmal gelingen?«

Es dauerte einen Moment, bis Garth seinen Gedankengang nachvollzogen hatte. »Du meinst…«

»Ich meine, daß wir uns zwei von ihnen schnappen und ihnen die Kleider stehlen, ja.« Torian lächelte. »Der Gedanke müßte dich aufmuntern. Es gibt etwas zu tun für dich.«

»Seit wann stiehlt Garth, Die Hand, Kleider?« antwortete Garth säuerlich. »Du beleidigst mich. Außerdem«, fügte er bestimmt hinzu, »wird es nicht klappen.« Bei den beiden letzten Worten schwankte seine Stimme; für einen kurzen Augenblick zerbrach die Maske vor seinem Gesicht, und Torian sah ihn wieder so, wie er war: ein erschöpfter, verwundeter Mann, der sich nur noch durch pure Willenskraft auf den Beinen hielt und die Grenzen seiner Kraft schon längst überschritten hatte. Er versuchte, den Gedanken zu verscheuchen.

»Und wieso?« fragte er, bewußt beiläufig. »In dem Durcheinander, das hier herrscht, sehen sich die Wachen bestimmt nicht jedes Gesicht an. Außerdem können sie unmöglich jeden einzelnen kennen.«

»Und was tun wir, wenn wir drinnen sind?« fragte Garth. »Sie entdecken uns schneller, als du deinen Namen schreiben kannst – wenn du es kannst.«

»Das spielt keine Rolle«, beharrte Torian auf seinem Plan. »Wir müssen hineingelangen.«

Garth seufzte.

Es war beinahe zu leicht. Torian mußte nur wenige Minuten warten, bis sich eine Gelegenheit bot, zwei der ahnungslosen Flüchtlinge, die auf die Innere Festung zustrebten, in die Gasse zu zerren und sich ihrer Kleider zu bemächtigen. Die beiden halbnackten Gestalten – Torian hatte darauf verzichtet, Garths' Vorschlag zu folgen und ihnen ihre eigenen Kleider überzustreifen, um Worn und die Soldaten, die zweifellos noch immer nach ihnen suchten, zusätzlich in die Irre zu führen – blieben sorgsam geknebelt und an Händen und Füßen gefesselt in der Gasse zurück, während Garth und Torian, in die grauen, aus überraschend grobem Stoff gewobenen Gewänder gehüllt, wieder auf die Straße hinaustraten und sich in den Strom derer einreihten, die auf die weit geöffneten Tore der Fluchtburg zueilten.

Es waren nicht viel mehr als hundert Schritte; aber Torian hatte das Gefühl, hundert Meilen zurücklegen zu müssen. Er ging schnell, vornübergebeugt und mit gesenktem Kopf, was ihn älter erscheinen ließ, als er war, und wie Garth hatte er den sonderbar geformten Hut, den die Adeligen dieser Stadt zu tragen pflegten, weit in die Stirn gezogen, um sein Gesicht zu verbergen. Trotzdem glaubte er, die Blicke der Männer und Frauen rings um sich wie schmerzhafte Messerstiche zu spüren. Mit einem Male war er gar nicht mehr so sicher, daß Garth unrecht und er recht hatte – was, wenn die Posten, die die Bronzetore gleich dutzendfach flankierten, bereits über eine Beschreibung von ihnen verfügten oder gar eine Art Passierschein verlangten?

Aber es war zu spät für solche Überlegungen. Wenn er jetzt aus der

Reihe ausscheren würde und wieder in die entgegengesetzte Richtung ginge, würde er mit Sicherheit die Aufmerksamkeit der Soldaten auf sich ziehen. Niemand springt freiwillig in einen Strudel, wenn ein Rettungsboot bereitsteht.

Seine Hand tastete nervös nach dem Griff des Schwertes, das er unter dem Rock zu verbergen pflegte, und für einen Moment kam ihm schmerzhaft zu Bewußtsein, wie verloren selbst ein Mann wie er ohne seine Waffen war. Nicht, daß ihm das Schwert viel genutzt hätte, wenn sie entdeckt wurden. In diesem Punkt gab sich Torian keinen falschen Hoffnungen hin – wenn sie den Schwarzgekleideten noch einmal in die Hände fielen, war es aus. Worn war kein Narr. Er hatte mit Sicherheit Befehl gegeben, die beiden Spione auf der Stelle zu töten.

Seine Hände wurden feucht, als er sich dem Tor näherte. Plötzlich fielen ihm tausend verschiedene Gründe ein, aus denen sein Plan einfach fehlschlagen *mußte*. Aber es war zu spät, zurückzugehen. Er versuchte, die Nervosität zu verscheuchen, straffte sich ein wenig und ging instinktiv schneller.

Torians Herz schien einen schmerzhaften Sprung zu machen, als er sah, wie ein Soldat einem Graugekleideten vor ihm den Weg vertrat und ihm mit freundlichen – aber sehr bestimmten – Gesten bedeutete, aus der Reihe herauszutreten und zurückzugehen. Der Mann begann, mit den Händen zu fuchteln und lautstark zu lamentieren. Zwei weitere Krieger eilten, durch den Lärm aufmerksam geworden, herbei, und auch einige der anderen Graugekleideten blieben stehen und ergriffen nun Partei für den ersten.

Torian schickte ein Stoßgebet zu den Göttern (an die er nicht glaubte), senkte den Blick und ging mit weit ausgreifenden Schritten an der rasch größer werdenden Gruppe vorüber. Die Stimmen der Streitenden wurden lauter, und vor dem Tor begann sich ein regelrechter Menschenauflauf zu bilden. Weitere Wächter verließen ihre Plätze, um die Ansammlung auseinanderzutreiben.

Torian war in Schweiß gebadet, als er dicht hinter Garth durch das Tor trat. Es *gab* Passierscheine. Die meisten der Männer und Frauen neben ihnen hielten kleine, hellrote Zettel in den Händen. Aber die wenigen Wachen, die ihre Posten noch nicht verlassen hatten, waren offensichtlich nicht mehr in der Lage, mit dem Ansturm fertig zu werden. Garth und er wurden einfach durchgewinkt und erreichten unbehelligt den Innenhof. Torian atmete hörbar auf.

»Und jetzt?« flüsterte Garth neben ihm. Seine Stimme zitterte.

Torian deutete auf den Turm. Rings um das schwarzbraune Bauwerk hatte sich eine dichte Menschentraube gebildet. Die wenigen Soldaten, die vor dem einzigen Eingang postiert waren, hatten kaum eine Chance, so etwas wie Ordnung in das herrschende Chaos zu bringen.

Langsam gingen sie weiter. Der Hof war überfüllt mit Menschen; weit mehr, dachte Torian, als der Turm aufnehmen konnte. Ein großer Teil derer, die Schutz hinter den Mauern der Inneren Festung gefunden hatten, würden unter freiem Himmel schlafen müssen.

Und überall waren Soldaten. Torian schätzte allein die Zahl derer, die auf den Wehrgängen patrouillierten, auf zweihundert. Und annähernd doppelt so viele bewegten sich einzeln oder in kleinen Gruppen zwischen den Flüchtlingen auf dem Hof.

Torians Blick tastete suchend durch die Menge. Seine Nervosität stieg, und langsam begann so etwas wie Panik in ihm aufzukeimen, eine Furcht ganz besonderer, schleichender Art, gegen die er machtlos war. Vielleicht hatte er sich getäuscht. Vielleicht war der, den er suchte, nicht hier, oder – was schlimmer wäre – er war hier, aber er war nicht der, für den er ihn hielt.

Garth griff plötzlich nach seiner Schulter und drückte so heftig zu, daß Torian vor Schmerz zusammenzuckte. Er sah auf, hob den Arm, um Garths' Hand abzuschütteln – und erstarrte.

Wenige Schritte vor ihnen stand eine hochgewachsene, ganz in schwarzes Eisen gehüllte Gestalt, ein Mann in der Rüstung eines Kriegers aus Rador.

Aber er war kein Krieger. Er trug keine Waffen, und dort, wo auf den Brustpanzern der Krieger nur tödliche Stacheln waren, glänzte bei ihm ein sechszackiger goldener Stern...

Torian senkte sofort den Blick und drehte sich weg, aber es war zu spät. General Worn mußte ihn im gleichen Augenblick erkannt haben wie er ihn.

»Das sind sie!« schrie er. »Die Spione! *Ergreift sie!*«

Torian fuhr mit einem wütenden Fluch abermals herum, stieß einen

Mann, der ihm im Weg stand, grob beiseite, und warf sich mit weit ausgebreiteten Armen auf den General. Worn versuchte zurückzuweichen, aber seine Reaktion kam zu spät. Torian riß ihn von den Füßen, zwang ihn noch im Fallen herum und schlang den Arm von hinten um seinen Hals. Gleichzeitig zog er mit der anderen Hand Worns Dolch aus dem schmalen, edelsteinverzierten Halfter an seiner Seite. Sie stürzten. Die Stacheln von Worns Rüstung schnitten grausam durch seine Kleider und rissen tiefe, schmerzende Wunden in seine Haut, aber Torians Griff lockerte sich nicht. Er stemmte sich hoch, zerrte Worn auf die Füße und bog seinen Kopf mit einem harten Ruck nach hinten.

»Keinen Schritt näher!« schrie er. »Eine einzige falsche Bewegung, und ich töte ihn!«

Auf dem Hof brach eine Panik aus. Die Graugekleideten flüchteten kopflos, während Worns Soldaten vergeblich versuchten, sich einen Weg durch die außer Kontrolle geratene Menschenmenge zu bahnen, um ihrem Befehlshaber zu Hilfe zu eilen. Nur drei von ihnen waren nahe genug, einen Angriff riskieren zu können.

Garth schlug den ersten nieder. Die beiden anderen erstarrten, als Torian Worns Kopf noch weiter zurückbog und seine Drohung wiederholte.

»Das... nützt dir nichts, Garianer«, keuchte Worn. Seine Hände ruderten hilflos durch die Luft, suchten Torians Gesicht. Torian stieß ihm das Knie in den Rücken, und Worn erschlaffte mit einem schmerzhaften Aufseufzen.

»Im Moment nutzt es mir eine Menge, Worn«, antwortete er. »Und ich bin kein Garianer, auch wenn du es nicht glauben willst.«

»Es ist mir... egal, woher du kommst«, krächzte Worn. »Du kommst hier niemals lebend... heraus.«

Torian sah sich verzweifelt um. Die Flüchtlinge waren zurückgewichen und bildeten einen weiten, gut dreißig Schritt durchmessenden Kreis rings um ihn, Worn und Garth. Aber zwischen den graugekleideten Gestalten erschienen mehr und mehr Krieger, und Torian brauchte nicht aufzusehen, um zu wissen, daß wahrscheinlich an die hundert Pfeile auf ihn und Garth angelegt waren. Hunderte von Gesichtern starrten ihn an. Aber es waren fremde Gesichter. Das, welches er suchte, war nicht darunter.

»Wenn ihr noch einen Schritt macht, töte ich ihn!« drohte Torian. »Ich habe nichts zu verlieren!«

Die Soldaten erstarrten, aber dafür begann sich Worn wieder stärker zu wehren. Torian brachte ihn mit einem weiteren Stoß in die Rippen zur Ruhe.

»Was versprichst du dir davon?« keuchte Worn. »Wie lange willst du mich so halten? Irgendwann werden deine Kräfte nachlassen, und dann töten sie dich.«

Zwischen den gaffenden Gesichtern tauchte ein Paar schmaler, stechender Augen auf. Torian spannte sich und sah hastig weg. Aber er wußte jetzt, daß der Alte da war. Er hatte recht gehabt.

»Ich... mache dir einen Vorschlag«, keuchte Worn. »Du ergibst dich, und ich gebe dir mein Ehrenwort, daß du eine faire Chance bekommst, deine Unschuld zu beweisen.«

»Behandle mich nicht wie einen Dummkopf, Worn«, schnappte Torian verärgert. »Ich bin es so wenig wie du.«

»Das... habe ich gemerkt«, antwortete Worn. Er hatte jetzt endgültig aufgehört, sich zu wehren, und hing schlaff in Torians Armen. »Aber ich bin nicht nur kein Dummkopf, Torian, ich bin auch kein Feigling«, fuhr er fort. »Wenn ich schon sterbe, dann wie ein Krieger.«

Torian begriff einen Sekundenbruchteil zu spät, wie Worns Worte gemeint waren.

»Tötet ihn!« schrie Worn. »Erschießt uns beide!«

Garth schrie auf. Ein Pfeil zischte heran, verfehlte ihn um Zentimeter und zersplitterte auf dem Pflaster. Ein zweites, besser gezieltes Geschoß jagte heran und zwang den breitschultrigen Dieb zu einem grotesken Sprung.

Torian versetzte Worn einen Stoß, der ihn haltlos nach vorne taumeln ließ, ließ sich zur Seite kippen und schleuderte noch im Fallen seinen Dolch. Die Waffe verwandelte sich in einen silbernen Blitz, zischte eine Handbreit an Worns Schädel vorbei – und bohrte sich bis ans Heft in die Brust des Alten.

Für einen endlosen, schrecklichen Moment schien die Zeit stillzustehen.

Worn, die Soldaten, die in Panik ausbrechende Menge, ja selbst die

Pfeile, die sich wie eine dunkle Wolke von den Wehrgängen herab auf ihn und Garth ergossen, erstarrten zur Reglosigkeit. Selbst die Luft schien zu zähflüssigem Sirup zu gerinnen. Einzig Torian und Garth waren noch in der Lage, sich zu bewegen.

Sie – und eine der graugekleideten Gestalten auf der anderen Seite des Hofes.

Der Alte wankte. Der Ausdruck grausamen Spotts in seinen Augen wich dem erschrockener Überraschung. Seine Lippen begannen zu zittern. Er taumelte. Seine Hände hoben sich, tasteten nach dem Griff des Dolches, der dicht über seinem Herzen aus seiner Brust ragte, und sanken kraftlos herab.

Mit der Festung ging eine unheimliche Veränderung vor sich. Die Mauern begannen zu flimmern, als wären sie bloße Illusion, nicht mehr als eine Fata Morgana, die eine launische Natur so schnell zerstörte, wie sie sie geschaffen hatte, verloren an Substanz und wurden durchsichtig. Männer, Mauern und Krieger verblaßten, verwehten wie dünner Rauch in der Hitze des Tages, und der Himmel, der bisher von einem strahlenden Blau gewesen war, loderte plötzlich rot und drohend über ihnen.

Dann war es vorbei.

Von einer Sekunde auf die andere war Rador verschwunden wie ein böser Spuk, und rings um sie herum erstreckten sich die ockerbraunen Sanddünen der großen Wüste, nur hier und da durchbrochen von halbzugewehten Mauerresten und Ruinen. Alles, was blieb, waren Garth und Torian.

Und eine schmale, verkrümmte Gestalt, die dreißig Schritte vor ihm im Sand lag und auf die größer werdende Blutlache starrte, die sich unter ihr bildete.

»Ihr Götter!« keuchte Garth. »Was bedeutet das? Was geht hier vor?«

»Mit den Göttern hat das nichts zu tun, Garth«, entgegnete Torian leise. Seine Stimme klang belegt und kam ihm selbst wie die eines Fremden vor. »Eher mit dem Gegenteil.«

Garth starrte ihn an, aber Torian sprach nicht weiter, sondern ging langsam durch den heißen Sand auf den sterbenden Alten zu. Sein Blick streifte die von Wind und Jahrhunderten zernagte Ruine des

Turmes. Er schauderte, als ihm zu Bewußtsein kam, daß er praktisch auf einem Massengrab stand.

Um ein Haar wäre es auch sein Grab geworden...

Der Alte bewegte sich mühsam, als Torian vor ihm stehenblieb und sein Schwert zog; sein *eigenes* Schwert. Die Waffe war wieder da, als wäre sie ihm niemals abgenommen worden, und ein rascher Blick auf seine Hände zeigte ihm, daß auch die frischen Schnittwunden verschwunden waren.

»Mach... ein Ende, Torian«, keuchte der Alte. »Töte... mich. Du... hast mich besiegt. Quäle mich nicht.«

Torian starrte den greisen Magier reglos an. Er hatte nie einen älteren Menschen gesehen – und nie einen, der so viel Bosheit und Haß ausstrahlte. Und trotzdem empfand er nichts als Mitleid mit ihm.

»Töte... mich«, flehte der Alte. »Ich... ertrage keine Schmerzen.«

Torians Lippen begannen zu zucken. Es gab tausend Worte, die er sagen wollte, tausend Verwünschungen und Flüche. Aber er sprach nichts davon aus, sondern hob langsam sein Schwert. »Eine Frage noch«, sagte er.

Der Alte blickte ihn an. »Ja?«

»Warum?« fragte Torian.

»Warum?« Der Alte stöhnte, drehte sich mit erstaunlicher Kraft auf die Seite und begann, hysterisch zu kichern. Plötzlich hustete er, spuckte Blut und krümmte sich im Sand. »Du hast es doch... gesehen, Torian Carr Conn«, stöhnte er. »Du hast den Untergang der Stadt Rador gesehen.«

»Aber was –«

»Ich war... dabei«, keuchte der Alte. »Ich war... der einzige, der mit dem Leben davonkam.«

»Du warst *dabei*?« wiederholte Torian ungläubig. »Aber es ist über tausend Jahre her!«

»Ich... bin ein Magier, vergiß das nicht, Torian. Ich... schloß einen Pakt mit Mächten, für die ein Jahrtausend nicht mehr sind als ein Tag. Ich schwor, jeden Garianer zu töten, der seinen Fuß in diesen Teil der Welt setzt. Dafür gewährten sie mir... Leben.«

»Aber wir sind keine Garianer.«

»Doch«, behauptete der Alte. Plötzlich war seine Stimme ganz klar.

»Ihr seid es, Torian. Du – dieser jämmerliche Dieb da, jeder von euch. Es waren die Garianer, die die Herren dieses Landes auslöschten, und aus ihren Nachkommen... entstanden die Völker, aus denen ihr stammt.«

»Aber es ist tausend Jahre her!«

»Was sind tausend Jahre?« keuchte der Magier. »Ihr zahlt für... die Taten eurer Väter. Ihr werdet alle zahlen. Ich bin nicht der einzige. Es gibt... viele wie mich. Ihr werdet... bezahlen.«

Torian hob sein Schwert, aber diesmal war es der Alte, der ihn noch einmal zurückhielt. »Ich habe dir deine Frage beantwortet«, murmelte er. Sein Blick begann sich zu verschleiern. »Jetzt gewähre du mir die gleiche Gnade.«

Torian nickte stumm.

»Wie...«, stammelte der Alte. »Woher hast... du es... gewußt. Vor dir sind... Hunderte gekommen, und keiner hat... meine Tarnung durchschaut. Wieso du?«

»Hunderte?« Torian lächelte bitter. »Und du hast sie alle getötet, nicht wahr?«

»Niemand hat... je meine Tarnung durchschaut«, stöhnte der Alte. Der dunkle Fleck unter seinem Körper wurde größer. »Wieso... du... Wieso?«

»Es war leicht«, erklärte Torian. »Du selbst hast dich verraten, Alter. Du hättest nicht versuchen sollen, uns dazu zu bringen, uns gegenseitig zu töten. Ich ahnte es bereits, als Garth mich davon abhielt, mich von der Mauer zu stürzen. Und ich wußte es, als du Gwayroths Leute gezwungen hast, sich gegenseitig umzubringen.« Seine Stimme wurde hart. »Es waren Frauen und Kinder bei ihnen.«

»Das war es also«, murmelte der Alte. »Das... war es... Und ich dachte schon, du... wärest wirklich ein Liebling der Götter, wie so viele behaupten.« Er lachte schrill. »Aber das bist du nicht, Torian, das bist du ganz und gar nicht. Du... du bist nichts als ein dreckiger kleiner Mörder.«

Torians Hand zuckte. Aber er schlug nicht zu, sondern schob das Schwert nach kurzem Zögern in den Gürtel zurück.

Es war nicht mehr nötig, die Waffe zu benutzen.

Garth starrte ihn aus weit aufgerissenen Augen an, als er sich herumdrehte. Aber es dauerte einen Moment, bis Torian begriff, daß das Entsetzen, das er im Blick des Diebes las, nicht von den Worten des Alten stammte, oder dem, was sie erlebt – zu erleben *geglaubt* – hatten.

»Also doch«, sagte er. »Ich wollte es nicht glauben. Ich... habe dich für einen Angeber gehalten. Torian. *Einfach nur Torian, wie?*« Er lachte, aber es klang böse. Und gleichzeitig voller Furcht. Ein Ton, den Torian kannte. Nur zu gut.

»Torian«, begann Garth noch einmal. »Torian Carr Conn, der berüchtigste Killer im Umkreis von zehntausend Meilen. Und ausgerechnet ich Narr tue mich mit ihm zusammen.«

»Warum auch nicht?« spottete Torian, sehr leise und mit einem Lachen, das Garth vielleicht mehr erschreckte als alles andere zuvor. »Warum eigentlich nicht, Garth? Ein Mörder und ein Dieb... ich glaube, wir beide gäben ein gutes Gespann ab.«

Damit wandte er sich mit einem Ruck um und ging an Garth vorbei zu den wartenden Pferden hinüber.

GOLDMANN FANTASY

Die größte Fantasy-Reihe in deutscher Sprache

23827

Patricia A. McKillip
IM GOLDMANN-TASCHENBUCH

Die Fantasy-Trilogie von Patricia A. McKillip – Gewinnerin des World Fantasy-Preises 1975!

„An Spannung können es die Bände mit jedem Thriller aufnehmen. Und das Ende ist märchenhaft schön" – so urteilt *TV Hören + Sehen* und *Musik Express* meinte sogar: „Tolkien is out, McKillip is in – ... alle Voraussetzungen zu einem Kultbuch."

23805

23806

23807

Verlangen Sie das Gesamtprogramm beim
Goldmann Verlag · Neumarkter Straße 18 · 8000 München 80

SHANNARA
DER FANTASY-BESTSELLER

23828

23829

23830

23831

23832

23833

23893

23894

23895

GOLDMANN

Goldmann Taschenbücher
Informativ · Aktuell
Vielseitig · Unterhaltend

Allgemeine Reihe · Cartoon
Werkausgaben · Großschriftreihe
Reisebegleiter
Klassiker mit Erläuterungen
Ratgeber
Sachbuch · Stern-Bücher
Indianische Astrologie
Grenzwissenschaften/Esoterik · New Age
Computer compact
Science Fiction · Fantasy
Farbige Ratgeber
Rote Krimi
Meisterwerke der Kriminalliteratur
Regionalia · Goldmann Schott
Goldmann Magnum
Goldmann Original

Goldmann Verlag · Neumarkter Str. 18 · 8000 München 80

Bitte
senden Sie
mir das neue
Gesamtverzeichnis

Name_____

Straße_____

PLZ/Ort_____